DU MOURON
A SE FAIRE

DU MÊME AUTEUR

Dans la même collection :

SAN-ANTONIO

DU MOURON
A SE FAIRE

ÉDITIONS FLEUVE NOIR
69, Bd Saint-Marcel - PARIS XIIIe

A James Hadley Chase, avec dévotion.

                    S.A.

CHAPITRE PREMIER

O MES CHASSES!

Venez pas me raconter qu'on peut mourir d'ennui car si c'était vrai, ça ferait huit jours que je serais cané à Liège.

Liège est pourtant une ville charmante, sympathique et tout, mais Liège pendant deux semaines, lorsqu'on n'a rien à y maquiller, devient vite aussi crispante que le *Boléro* de Ravel joué par un débutant. C'est le cas de toutes les villes de province, qu'elles soient françaises, belges ou papoues, pour un Parigot.

Après que j'aie eu fait tous les cinés, essayé toutes les marques de bière, fumé cent trente-trois catégories de cigares et carambolé deux vendeuses d'Uniprix, une serveuse de restaurant et la dame qui vend des beignets sur la place, devant le théâtre, je me trouve aussi déprimé qu'un bacille de Koch dans un flacon de streptomycine.

Quinze jours, les mecs, que je flâne dans ce
bled en me demandant ce que j'y cherche...

Quinze jours que je bouquine toutes les
œuvres de mes collègues du Fleuve Noir,
œuvres dans lesquelles au moins il se passe
quelque chose! Et ma vie reste aussi déserte
que le désert de Gobi! J'attends... J'attends
en bouffant des frites, en tortorant des
boulettes de viande arrosées de sauce tomate,
— mets dont on est friand par ici! J'attends
en ligotant les journaux, en calçant les
nanas...

De temps à autre, je passe un coup de tube
au Vieux, à Paris.

— Dites, patron, je commence à prendre
de la moisissure dans le cerveau. Qu'est-ce
que je fais?

— Attendez!

— Bon...

Attendre quoi? Il n'en sait rien lui-même.
Un truc se mijote en Allemagne, une histoire
ténébreuse qui met tous les services de
renseignements de l'Ouest sur les dents. Mon
boulot à moi consiste à attendre à Liège
parce que c'est une issue par où pourraient
fort bien sortir les lapins pourchassés... Un
coup de biniou doit m'alerter en cas de
malheur... Un dispositif est prévu dont j'as-
surerai le bon fonctionnement.

En attendant, je me paie une drôle de

partie d'ennui. Je suis devenu le champion du bâillement toutes catégories.

Pour comble de malheur, voilà que j'engraisse. Qui bien se pèse bien se connaît! Je chope une demi-livre par jour. Si je finis l'année dans ce pays, je pourrai cloquer ma démission à la Sourde et m'engager pour jouer l'homme-baleine. Chaque fois que mes yeux rencontrent un miroir, je me fais penser à un éléphant que j'ai beaucoup aimé. Mes châsses commencent à s'enfoncer derrière des bourrelets. Je ressemble à Roger Lanzac. Et quand je néglige l'ascenseur de l'hôtel, histoire de faire un brin d'exercice, je souffle comme un train départemental à l'arrivée. Le gnace qui remporte Strasbourg-Pantruche à la marche est plus frais que moi.

Ce matin-là, en m'éveillant, je constate qu'un gentil soleil a succédé au crachin de ces derniers jours. Ça me met un peu de baume dans le battant because à l'encontre de Maigret, j'ai horreur de la flotte. Je suis de ceux qui trouvent que le soleil va bien à l'univers.

On frappe à ma lourde. Le valeton d'étage s'annonce avec un plateau supportant un petit déjeuner substantiel.

— Pose ça là, mon gars, dis-je en lui désignant la table...

Je n'ai plus envie de briffer au pieu. Je

finis par avoir l'impression de relever de
maladie. Lorsqu'il a évacué son nez en lame
de canif et ses yeux vitreux, je saute sur la
carpette. Quelques mouvements gymniques
me dérouillent les muscles.

Bon, me voilà d'attaque. Je vais tirer le
rideau et je constate que ça n'est pas du
bidon : il fait tout ce qu'il y a de beau.

La rumeur de la ville monte jusqu'à moi,
joyeuse. Le tintamarre des tramways, les cris
des marchands ambulants, les piétinements,
tout cela compose un hymne de vie, plein
d'allégresse.

Si vous trouvez que je force sur la note
poétique, allez m'attendre au bistrot du coin,
je ne serai pas long!

Je me mets à tremper un pistolet beurré
comme un gagnant du gros lot dans mon café
au lait lorsque ma vue est sollicitée par un
éclat bizarre en provenance de la glace.

Je repère la direction de l'étrange rayon et
je constate qu'il est émis depuis une chambre
voisine de la mienne. La fenêtre de ma
chambre et celle de la pièce d'à côté se
trouvent presque à angle droit, car l'immeuble produit comme une avancée en son
milieu, ce qui offre la possibilité de mater ce
qui se passe chez les voisins.

La, je suis marron, car l'occupant de la
piaule voisine a tiré les rideaux. L'éclat

fulgurant a passé par les interstices. Simple
jeu de glace.

Je continue de tortorer en gambergeant à
la meilleure façon d'user la journée qui
s'annonce lorsqu'à nouveau le scintillement
se produit.

Ce sont là, me direz-vous, des incidents
banals. Pourquoi les prends-je en considéra-
tion? Je ne saurais le dire... Peut-être le
farniente dans lequel je suis plongé m'incite-
t-il à trouver de l'intérêt à des faits minuscules auxquels je ne prêterais pas la moindre
attention en temps ordinaire? Qui le sait?

Je voudrais tout de même savoir ce qui se
passe dans la pièce voisine... Le rayon est
immobile, vif, presque cruel. Et tout ça à
cause de ce soleil printanier qui s'est décidé à
briller ce matin.

Je regarde la cloison sans cesser de masti-
quer consciencieusement. J'avise alors un
trou comme il y en a dans tous les murs
d'hôtel. Un trou percé par un voyeur et
bouché de façon sommaire au moyen de
buvard mâchouillé.

Dans les hôtels du monde entier vous avez
des gnaces qui percent les cloisons. Parce que
dans le monde entier on trouve des solitaires
qui regardent les autres dans leur intimité.
C'est leur façon à eux de connaître la félicité
des sens. Ils prennent leur plaisir par per-

sonnes interposées, ce qui est une conception
assez navrante de l'amour. Avec ma lime à
ongles j'ôte le papier durci qui obstrue
l'orifice puis j'y colle mon œil et alors j'ai un
plan américain de première bourre sur un
gars vu de trois quarts.

L'homme en question est âgé d'une
quarantaine d'années environ. Il est beau
gosse, un tantinet grassouillet, et vêtu avec
recherche. Il a des cheveux argentés, des
lunettes américaines et des boutons de man-
chette en opale.

Je le remarque car mon attention se porte
sur ses paluches, lesquelles paluches se
livrent pour l'instant à une très curieuse
opération.

Jugez plutôt.

Le gars a devant lui une boîte de fruits
confits ouverte. A côté de la boîte, il y a un
petit tas de cailloux qui doit valoir au moins
cent briques car les pierres en question m'ont
tout l'air d'être des diams. Ou alors elles sont
bien imitées. Le soleil filtrant par les rideaux
cogne en plein sur l'éblouissant monticule et
c'est par un curieux jeu de réflexion qu'un
des éclats pique dans la glace de ma cham-
brette.

Je reste un bon moment asphyxié par tant
de splendeurs accumulées. Je n'ai jamais vu

autant de diamants à la fois, et rarement
d'aussi beaux.

Mais mon admiration est vite détournée
par le boulot du mec. Il prend les fruits
confits un à un dans la boîte, les incise et
glisse à l'intérieur de chacun un diamant.
Ensuite de quoi, il presse sur le fruit pour le
refermer sur son trésor, caresse l'incision afin
de l'enrober de sucre et repose le diamant
confit dans la boîte avec une délicatesse
d'accoucheuse maniant un nouveau-né.

J'ai vu bien des trucs dans ma vie, mais
j'avoue n'avoir encore jamais assisté à
pareille opération.

Ou je me goure ou j'ai à côté de moi un
trafiquant de première catégorie...

Le type s'active, le petit tas de cailloux
diminue. Il œuvre rapidement, avec précision
et sans faire le moindre bruit. On entendrait
éternuer un microbe. Le silence est tel que je
crains d'être trahi par le bruit de ma
respiration.

J'ai une minute de flottement tandis que
le mec s'applique à refaire le paquet. Quelle
conduite dois-je adopter?

Mon premier mouvement est pour prévenir
la police, mais je me ravise en me disant
qu'après tout je ne suis pas en France, que je
séjourne ici incognito, que par ailleurs tout le
monde a le droit de posséder des diamants et

de se les carrer où il veut ou dans des
citrouilles si bon lui semble... Ce mec est
peut-être tout bonnement un joaillier qui a
trouvé cette astuce pour véhiculer ses
gemmes sans risque. Pourquoi pas?

J'aurais bonne mine si je déclenchais un
pataquès et si tout me retombait sur le pif.
Car enfin un honnête homme n'a pas à bigler
son prochain par des trous illicites...

Je décide donc de me mettre du sparadrap
sur la menteuse. Le gnace aux lunettes vient
de réussir un très gentil paquet fort présen-
table dont il paraît satisfait, à en juger à la
façon dont il le considère.

Si c'est pour offrir, le destinataire sera
content. Des fruits confits fourrés de cette
manière, on n'en trouve pas souvent sous sa'
serviette en se mettant à table. Certes on
risque de se casser les chailles dessus, mais
avec la valeur qu'ils possèdent on peut se
faire faire trois douzaines de râteliers (en or,
plus un en platine pour les dimanches et
jours fériés).

Je vais pour quitter mon poste d'observation lorsque je vois le copain sortir de sa
poche un magnifique stylo en jonc et écrire
une adresse sur le pacson. Là, je suis scié.
Est-ce qu'il compte expédier ses fruits
quelque part?

Il sèche l'adresse en appliquant le paquet à

la renverse sur le buvard du sous-main,
après quoi il décroche le téléphone et
demande le garçon avec un accent belge de la
meilleure année.

Je me dépêche d'obstruer le petit trou car
je crains d'attirer l'attention du type. Il
serait un tantinet vexé d'avoir été surpris
dans ce turbin de confiseur-diamantaire.

Je l'entends qui se lave les pognes au
lavabo, sans doute doit-il avoir les salsifis
poisseux après cette manipulation?

Le garçon d'étage frappe à sa lourde. Vite
j'ôte le tampon de papezingue pour assister à
la suite de la comédie.

Le type qui s'essuie les pattes désigne le
paquet au garçon d'étage.

— Voulez-vous aller me poster ça?
demande-t-il.

Il tend un billet de cinquante francs au
gars.

— Tenez, fait-il, vous l'enverrez recommandé et vous garderez la monnaie.

Le garçon remercie, chope les diams et se
casse.

— Fin du premier chapitre, je murmure...

Je rebouche le trou et je vais prendre une
douche. Après quoi je file le coup de ton-
deuse électrique sur mes râpeuses et je me
loque en beau gosse.

J'ai la théière qui bouillonne un tantinet,

je vous jure. Moi, des trucs comme ça, ça m'empêche de vivre peinard.

Je viens de réussir un nœud de cravate qui ferait pâlir de jalousie M. Cardin lorsque j'entends frapper à la lourde du zouave. Je me précipite à mon poste d'observation. C'est le garçon qui, sa course terminée, apporte le récépissé de la poste.

Lorsqu'il a calté, mon voisin se frotte un instant le menton d'un air contrarié. Il sort son portefeuille, va pour y glisser le reçu, puis se ravise et remet le porte-lasagne dans ses vagues. Le morcif de papelard en pogne, il renouche autour de lui comme quelqu'un qui sollicite une inspiration. Je le vois alors ouvrir l'armoire à glace plus qu'à moitié vide de sa piaule. Il sort un tiroir complètement, plie le reçu en quatre, ôte une punaise fixant le papier cretonne des rayonnages, et épingle le reçu sous le tiroir qu'il remet aussitôt en place. Cela terminé, il donne un ultime coup de peigne à son abondante chevelure, rajuste ses lunettes et sort.

Étrange bonhomme en vérité.

J'attends qu'il se soit brisé pour sortir. L'hôtel est silencieux, un peu triste et solennel.

Je descends à la réception après avoir maté le numéro de chambre de mon étrange voisin. C'est le 26.

J'accroche ma clé au tableau. Celle du 26 s'y trouve déjà... J'adresse un sourire enjôleur au préposé qui est en train d'aggraver une forte myopie sur les colonnes d'un livre grand comme la place des Vosges. Puis je pousse une exclamation. Il redresse son nez pointu.

— J'ai oublié quelque chose! dis-je.

— Voulez-vous que le chasseur aille vous le chercher! demande-t-il.

— Non, inutile.

Du geste le plus naturel du monde je cramponne la clé du 26 et je fonce dare-dare dans les étages.

J'entre au 26, j'ouvre l'armoire, arrache le tiroir, dépique le reçu et lis l'adresse du destinataire qui y est portée.

Il s'agit d'une dame, Mme Van Boren, 18, rue de l'Étuve. Je remets le papier en place, le tiroir, l'armoire et je me carapate à la vitesse d'un avion super-sonique.

Je raccroche la clé au tableau et j'offre une cigarette à bout de coton à l'employé galonné. J'ai horreur de ces sèches. J'ai l'impression de fumer un pansement.

Il me sourit avec bonté.

— Monsieur passe un bon séjour? demande-t-il.

— Merveilleux, dis-je.

Il me sourit avec complicité, car à plu-

sieurs reprises j'ai amené une polka dans ma
turne et chaque fois il a fait mine de regarder
ailleurs si je m'y trouvais.

— Monsieur est satisfait du service, allez?

— Épatant.

— Monsieur aime la Belgique?

— Comme la France...

Il se fait mystérieux et confie :

— A Liège, on est presque Français...

— Confidence   pour   confidence,   je
rétorque, à Lille, on est presque Belge. Un de
ces jours faudra qu'on se marie. On vous
filera notre Président et vous nous cloquerez
un de vos rois, ça fera plus joyce à l'Élysée.

Changeant de ton, je murmure :

— Dites, il a des végétations, le type du
26, pour ronfler pareillement? Comment s'ap-
pelle-t-il?

Le gars réfléchit.

— M. Van Boren, dit-il... Si vous voulez,
on peut vous changer de chambre.

— Pensez-vous, je plaisantais...

Je me casse pour réfléchir à loisir et au
soleil à ce petit intermède.

Moi qui aime les complications, je suis
servi. Ce mystère dans lequel je viens inci-
demment de coller mon pif m'a l'air de
premier jus.

Le soleil — qui est à l'origine de ma
découverte — luit comme les diams de tout à

l'heure. Les anges du ciel ont dû le passer à l'encaustique toute la nuit car jamais je ne l'ai vu aussi étincelant. Ma parole, on se croirait presque sur la Côte d'Azur!

Tout le monde a l'air joyeux. Les petits Belges partent au turbin en fredonnant gaillardement et en reluquant les jambes des passantes car je ne connais rien de plus polisson qu'un habitant d'outre-Quiévrain (comme disent les journalistes sportifs) hormis, bien entendu, un Parigot. Ils ont la lucarne fouineuse, les Liégeois. Oh! pardon!... Si leurs châsses étaient des mains, toutes les souris un peu bien baraquées se baladeraient à loilpé!

« Voyons, San A..., me dis-je en arpentant les trottoirs à pas lents, tu n'as pas rêvé? Tu as vu un type glisser une fortune en diamants dans des fruits confits et s'expédier les fruits en question, ou plutôt les expédier à sa femme par la poste alors que cette dame demeure à deux cents mètres de là. Ça me paraît un peu fort de café, non? »

Notez que la dame Van Boren n'est peut-être pas la femme du gnace. Il s'agit peut-être de sa vioque, de sa frangine ou tout bonnement d'un homonyme...

Décidément, je vais paumer un brin de ma folle jeunesse à me faire du mouron pour une histoire qui n'en vaut peut-être pas la peine.

Van Boren est tout simplement un farceur qui veut offrir un cadeau original à sa belle, ou à sa vieille maman!

Et puis rien ne dit que les cailloux sont vrais. Rien ne ressemble plus au vrai que le faux en matière de pierres précieuses.

Je suis là à me faire mousser le pied de veau pour une poignée de verroterie. Quel gland! Voilà que je me mets à construire des romans policiers dignes de Tintin! Sacré San-Antonio, va!

Je me prends par le raisonnement.

« Allons, gars, t'es ici en mission commandée. Ces giries, t'en as rien à faire. Même si cette histoire est louche, elle n'est pas de ton ressort et t'as qu'à t'occuper de tes oignes... »

Pour me changer les idées je vais à la poste et je demande Paris. Illico presto j'ai le Vieux au bout du tube.

— San-Antonio, dis-je, comme un chef de gare annonce le blaze de sa station.

Il a un soupir.

— J'allais vous appeler, San-A. Le coup est nul, vous pouvez rentrer...

Je bondis d'allégresse.

— Rentrer!

— Oui, ça vous ennuie?

— Au contraire, j'en avais tellement classe que j'étais prêt à m'acheter un couteau pour me racler les os des jambes!

Il rit.

— Quel train prenez-vous?

— Le prochain...

— Alors à ce soir...

— C'est ça, patron... A ce soir. Du boulot pour moi?

— Nous verrons.

Toujours aussi évasif, le Père laconique!

Je raccroche et galope jusqu'à l'hôtel.

— Ma note, meuglé-je.

— Monsieur part?

— Non, je m'en vais!

Sur cette fine astuce, je monte faire ma valoche. Pêle-mêle je flanque mes fringues dans la peau de porc constellée d'étiquettes réservée à leur transport. Puis je décroche le bigophone.

— Dites, papa, à quelle heure le prochain train pour Paris?

— Un instant, monsieur.

J'entends tourner des feuillets.

— Il y en a un dans dix minutes, monsieur!

— Tonnerre! Courez chercher un bahut et préparez immédiatement ma douloureuse.

Je m'assieds sur la valoche afin de pouvoir la boucler. Elle manque se transformer en galette flamande, la malheureuse. Puis je me propulse dans les étages.

Le gars myope de la réception est là, avec

en pogne une addition longue comme un discours de réception à l'Académie française. Je tends un gros biffeton. Il s'affaire sur son tas de mornifle et je piaffe comme un bourrin qui se prépare pour le Grand Prix de Paris.

— Grouillez-vous, mon vieux!

— Voilà!

J'enfouille ma monnaie et je fonce dans un taxi qui m'attend devant la porte.

— A la gare, vite!

Il met la sauce, le zig. Un vrai Fangio du dimanche! Il bombe même tellement que nous percutons le dargeot d'une autre tire à un feu rouge.

Le proprio du véhicule endommagé descend, furibard et se met à hurler aux petits pois. N'ayant pas de temps à perdre je me barre à la recherche d'un taxi de secours. Je finis par en dégauchir un.

— A la gare en quatrième vitesse! Y aura un pourliche gros comme ça pour vous!

Seulement la guinde du mec est un peu viocarde et ne comporte que trois vitesses. Le train est parti depuis une minute très exactement lorsqu'il m'arrête devant le perron.

Je pousse le chapelet de jurons en usage chez les voyageurs qui ont raté leur dur et je vais coloquer ma valoche à la consigne en attendant le prochain bolide qui ne doit passer qu'en fin d'après-midi... Décidément je n'y couperai pas à cette journée dans Liège.

Comme je quitte la consigne, j'avise le chauffeur du premier taxi qui vient se ranger devant la gare. Je m'approche.

— Alors, terminé le constat?

— Oui... Et vous, vous avez raté le train?

— Pour ne rien vous cacher, oui...

Je soupire et je grimpe à ses côtés.

— Dix-huit, rue de l'Étuve, fais-je.

Que voulez-vous, on ne lutte pas contre le destin!

CHAPITRE II

O MA DOULEUR!

La rue de l'Étuve est une voie étroite qui part en biais dans un quartier central mais assez peu reluisant. Il y a des fleuristes de seconde zone, des trottoirs encombrés de végétaux et des gens criards.

Elle n'est pas éloignée du quartier réservé ce qui, à certains points de vue, présente un certain avantage.

Je repère le 18 et je m'aperçois qu'il correspond à un immeuble neuf. J'en franchis le seuil gaillardement, un peu gêné malgré tout de m'immiscer dans les affaires des autres.

Voyez-vous, tas de ramollis, ce qu'il y a de pénible dans le turbin d'un flic, c'est qu'on exerce une profession qui consiste avant toute chose à emmouscailler ses semblables.

Y a des moments où je prends conscience de cette vérité et où elle m'empêche de boire en paix mon apéro vespéral. Vous êtes un

homme comme les autres, avec les mêmes
instincts, les mêmes manies, les mêmes pau-
vretés que le premier peigne-zizi stoppé dans
la rue. Mais vous avez une carte qui vous
autorise à pointer votre grand renifleur dans
la vie de cet autre sans qu'il ait le droit de la
ramener. S'il la ramène vous vous demandez
la permission de lui laisser tomber un paquet
d'os sur le coin de la hure et, comme vous
êtes un petit vicelard, vous vous l'accordez
aussi sec!

Bien sûr, c'est illicite. Mais la première
prérogative d'un bignolon c'est d'employer
l'illicite pour la plus grande gloire du licite.
Comprenne qui peut!

Néanmoins — comme dirait Cléopâtre —
je ne me sens pas fiérot. Je suis même dans
mes petites targettes, exactly comme si je
m'étais introduit dans des pompes trop
jeunes de deux pointures. Je n'oublie pas que
je suis en territoire étranger, et je me doute
que la police belge viendra vachement au
renaud si par hasard mon histoire tourne au
vinaigre. Et comment qu'elle aura raison, la
rousse belge! Cette idée de venir jouer
les Tarzan (quatre-vingt-cinquième édition)
parce que j'ai surpris un micmac insolite et
qu'ayant raté mon dur je dispose d'une
demi-journée!

Enfin me voici toujours dans la crèche de Mme Van Machin-Chouette!

Il n'y a pas de concierge, ou alors, comme toutes les concierges, elle est allée se faire tirer le grand jeu chez la voisine. Par contre, un tableau des locataires est fixé à la cloison. Je le consulte et je lis : « Van Boren, quatrième gauche. »

Je soupire car mon farniente de ces quinze derniers jours m'a rendu paresseux : or, il y a trois choses qui me causent une sainte horreur dans l'existence. Ce sont, dans l'ordre d'aversion : les femmes laides, les percepteurs et les escaliers (dans les deux sens).

Heureusement pour moi il y a un ascenseur au fond du hall. Je m'y dirige et, au moment très précis où j'arrive devant la grille, j'entends une grande clameur au-dessus de moi. C'est un cri en fusée, un cri terrible, un cri qui siffle comme une torpille et qui m'arrive droit dessus. Une masse sombre passe devant mes yeux et brusquement un sinistre éclatement retentit. Le silence me tombe dessus comme un drap mouillé. Je reste immobile, essayant de piger ce qui vient de se produire. Mais je sais déjà, mon instinct a entravé avant ma comprenette. Un mec vient de faire un grand valdingue dans la cage d'ascenseur. Com-

ment qu'il a dû la sentir passer, cette marche
ratée! J'ouvre la lourde grillagée après un
effort assez violent et je jette un regard au-
dessous de moi. Deux mètres plus bas, dans
la fosse, se trouve un corps disloqué. C'est un
corps d'homme. Je tire de ma fouille la petite
lampe électrique qui ne me quitte jamais et
j'examine le cadavre. Mes yeux ne font que
confirmer ce que mon pressentiment m'avait
déjà appris : il s'agit du type de l'hôtel, le
fourreur de fruits confits... Il ne fourrera
jamais plus rien, ce gnace, ni des fruits, ni sa
femme. C'est lui qui va être fourré aux
asticots d'ici quelque temps. Il a le sommet
de la tronche en purée et tous ses membres
sont brisés, si j'en crois sa grotesque position
de poupée désarticulée.

De profundis!

J'arrive comme marée en Carême. Après
ça, le gars qui dira que je n'ai pas le nez
creux aura droit à un coup de tatane dans le
banjo. Pour le flair, je vaux tous les épa-
gneuls bretons en vente dans les colonnes
vertes du *Chasseur Français.*

Sans rien dire, je referme la porte et je me
mets à grimper l'escadrin. Je passe le premier, le second, le troisième... L'ascenseur,
ou plutôt sa cabine n'est toujours pas là.
Enfin, parvenu au cinquième et dernier
étage, je la vois à l'arrêt. Je m'arrête aussi

pour réfléchir, la réflexion ne s'accommodant pas du mouvement. Je souffle comme un bœuf; les gars, avec ce début de burlingue que je trimbale sur l'avant, je ne suis pas prêt de gravir l'Everest. Ou alors faudrait que je m'attache trois douzaines de ballons rouges au nombril!

Cette fois, je suis dans le drame jusqu'au trognon. Et quand j'emploie le mot trognon, je sais de quoi je parle! Van Boren est tombé d'un étage inférieur au cinquième puisque la cabine s'y trouve. Or, ouvrez grande la lourde de votre intelligence, si par miracle vous en possédez pour trois francs cinquante : ça se corse (patrie de l'Empereur!) Car, en montant, je me suis aperçu *qu'aucune des portes de l'ascenseur n'était ouverte!* Comme il est difficilement pensable que Van Boren ait pris soin de refermer la lourde avant de jouer à l'homme-oiseau, il faut bien admettre *que quelqu'un a refermé la porte par laquelle il est tombé.* Ce quelqu'un n'a agi ainsi qu'après avoir donné le coup d'épaule qui a motivé la chute.

Je ne vois pas d'autre explication. Van Boren avait beau porter des lunettes, il n'était pas miro au point de ne pas s'apercevoir que la cabine n'était pas là!

Surtout qu'il fait très clair dans l'immeuble...

Je redescends un étage et stoppe devant la lourde du quatrième étage. Le silence le plus complet règne maintenant dans la maison; il ne semble pas que les habitants de la strass aient perçu le grand cri de « l'accident ». Peut-être que ces bonnes gens ont les portugaises ensablées? Peut-être aussi qu'ils ont confondu la clameur d'agonie avec les cris du marchand de moules qui, dehors, ameute la populace?

J'hésite à sonner. Mon devoir consisterait plutôt à aller à la P.J. de Liège et à déballer mon pique-nique à un divisionnaire qualifié. C'est aux confrères d'ici à jouer. Moi je ne peux que passer la paluche. Maintenant nous avons dépassé le stade du diamant confit pour aborder celui du meurtre-torpille...

Mais on n'a jamais vu un clébard·affamé lâcher un gigot. Or je suis pire qu'un cador, moi, lorsque je viens de me cogner quinze jours d'ennui! Ce mystère, après tout, il est à moi, c'est ma chose, mon hochet! Qui a découvert les diamants? Qui a découvert l'adresse de Van Machin-Chouette? Qui a failli recevoir le corps du bonhomme sur la terrine? Moi, toujours moi. Remarquez qu'il s'en est fallu d'un poil de chose que j'empêche le meurtre. Supposez que je m'annonce une minute plus tôt dans l'immeuble et que... Mais si on se lance dans les suppositions, on est marron. Comme dit Félicie, ma brave femme de mère : « Avec des si on mettrait Paris dans une lanterne »... Elle a toujours des citations littéraires, Félicie. Pour ça et la cuistance elle ne craint personne!

Secouant une suprême fois le lourd fardeau de mon indécision et de mes scrupules, j'appuie sur le bouton de sonnette qui sollicite mon index frémissant.

Un court instant s'écoule, puis une ravissante jeune femme blonde vient délourder. Elle a le type flamand. Les jointures épaisses, le visage solide, les yeux clairs, les cheveux d'un blond assez tendre et le sourire façon « Dents blanches-haleine fraîche ».

Elle me regarde gentiment.

— Monsieur? demande-t-elle.

— Je voudrais parler à M. Van Boren, dis-je en saluant jusqu'à terre.

— M. Van Boren est en voyage, me répond la douce personne.

Tu parles, Charles! Un voyage comme celui-là, il n'est pas près d'en revenir. Quatre étages en chute libre avant de faire le démarrage pour le ciel! Ce genre de croisière n'est pas organisé par les amis de Radio Luxembourg!

— C'est dommage, je murmure.

Elle me sourit car elle doit trouver ma bouille avenante. Elle n'est pas la seule. Neuf donzelles sur dix ont un faible pour ma physionomie. J'y peux rien. Quand je me bigle dans une glace j'arrive pas à piger ce qui leur titille le palpitant. Car enfin je ne suis ni un Apollon, ni Marlon Brandade... C'est ça le charme. La beauté, comme dirait itou Félicie, ça se bouffe pas en salade. Vaut mieux avoir du petit-machin-qui-accroche qu'un physique de carte postale illustrée.

La donzelle cesse de me sourire.

— C'est à quel sujet? s'inquiète-t-elle : je suis sa femme.

— Ah!...

Je la regarde. Belle petite jument. Il ne devait pas s'ennuyer, Van Truquemuche, lorsqu'il rentrait de voyage. Avec une partenaire de ce calibre on peut s'offrir de belles séances en ciné-panoramique!

— Entrez! dit-elle enfin.

L'appartement est coquet, cossu, meublé confortablement avec des meubles de qualité et décoré d'objets de bon goût.

Elle me précède jusqu'à un studio tendu de jaune et de gris perlouze. Les sofas sont moelleux comme de la crème Chantilly. Je me glisse dans l'un d'eux.

— Ma visite doit vous paraître insolite, j'attaque, sans trop savoir au fond où je vais nager...

Tout en bavochant, je la défrime, histoire

de sonder son gentil minois. Est-ce cette tendre enfant qui a envoyé promener son homme dans les étages?

A en juger par les apparences, je pencherais plutôt pour la négative car le visage de la petite dame est calme, presque angélique. Mais les apparences sont les complices des donzelles. C'est au moment où elles vous accordent le patin le plus fignolé qu'elles vous piquent votre larfouillet ou qu'elles vous administrent votre dose quotidienne d'arsenic. On n'y peut rien, elles sont toutes pareilles, les drôlesses. Des saintes nitouches quand on les regarde et des diablesses dès qu'on leur tourne le dos.

Il serait temps que je donne à la jeune femme des explications sur mon identité et ma présence ici.

— Vous êtes veuve, attaqué-je assez brutalement, j'en conviens.

— Comment? fait-elle.

— En n'ayant plus votre mari, tout simplement.

Elle ouvre des châsses par où vous pourriez faire passer un voyage de foin.

— Je... je ne comprends pas.

— Je veux dire que votre mari est mort.

Elle blêmit. Le sang se retire de sa pomme et elle tombe sur le sofa, à mes côtés, comme une poire blette qui vient de larguer sa branche.

Elle balbutie :

— Mort...

Je suis ému. Comme salaud on ne fait pas mieux que moi! Vous parlez d'un électrochoc que je lui coloque, à cette douceur.

A ma frite, elle pige que je ne la mène pas en barlu, alors elle a les chocotes et des larmes coulent sur ses joues veloutées.

— Il lui est arrivé un accident? demande-t-elle entre une paire de hoquets et un frémissement de la glotte.

— Oui...

— Quand?

— Il y a quatre ou cinq minutes.

— Comment cela?

— Il est tombé dans la cage d'ascenseur...

— Mon Dieu! Où?

— Ici...

— Comment est-ce arrivé?

— Ce sera à la police de le dire...

Elle s'arrête.

— La police?

— Oui, elle met toujours son nez dans ces sortes d'affaires.

Elle me regarde.

— Expliquez-vous, dit-elle enfin. Qui êtes-vous? J'ai l'impression que vous me faites une farce abominable.

— Alors il faut vous empresser de chasser cette impression, chère madame. Quand je fais des blagues, elles ne vont jamais au-delà du poil à gratter ou du soulève-plat...

Elle demande, hésitante, troublée au milieu de son chagrin.

— Vous êtes français?

— A quoi le reconnaissez-vous?

Et la souris de me faire cette suave réponse :

— A votre accent!

On les aura toutes vues, cette année! Voilà que les Français ont un accent lorsqu'ils vadrouillent en Belgique. De quoi se marrer plus fort que si on vous chatouillait la plante des pieds avec le menton d'un barbouzard!

— Oui, je suis français. Ça ne m'empêche pas d'avoir vu votre mari piquer une tête dans la fosse d'ascenseur. En ce moment, il y gît, comme on dit dans les journaux. Je m'excuse d'appuyer sur le côté macabre de l'aventure, mais la réalité a ses droits auxquels il faut souscrire, n'est-ce pas?

J'ai un mauvais sourire.

— Je suis mêlé à cette histoire en qualité de témoin et je pense que vous avez besoin de conseils en la circonstance, vous ne croyez pas? Votre mari a été poussé dans le vide. J'en ai la certitude. Et même la preuve. La police trouvera bizarre qu'on l'ait assassiné sous son toit. A qui le crime profite-t-il? *That is the question!* Les bourremen se la posent toujours. On ne peut rien contre une telle logique... Ils penseront à vous et vous allez avoir des ennuis...

— Ah! oui?

— Oui...

— Mais je n'ai rien fait!

— C'est ce que vous aurez à prouver...

Elle se tort les manettes.

— Ça fait huit jours que je n'ai pas vu mon mari...

— Vous en êtes certaine?

— Je le jure!

Elle se fait des berlues, la doucette! Des serments de gonzesse, on sait ce que ça vaut! On les classe immédiatement après les pets de lapin dans l'ordre des valeurs marchandes.

Elle a une exclamation qui me laisse entendre qu'elle est innocente.

— Il est au fond?

— Bien sûr...

— Et on ne fait rien pour lui! Mais il faut lui porter secours!

— On ne peut pas faire grand-chose pour un homme auquel il manque la moitié de la tête!

Cette fois-ci j'ai dépassé la mesure et elle se renverse sur le sofa avec un profond soupir. Elle est bel et bien évanouie, la veuve Van Houten!

Qu'est-ce que je vais faire maintenant? Je lui soulève les stores, histoire de m'assurer qu'elle ne me bidonne pas; mais non, elle est k.-o. pour de bon.

Il faut la ranimer. Son état au moins me dicte la conduite à adopter, et j'en suis fort aise, n'ayant pas de projets immédiats. J'en ai classe de jouer à la poule qui vient de trouver un pistolet à amorce!

Du vinaigre! J'ai vu ça dans toutes les comédies de patronages. Je me repère et découvre la cuisine.

En vitesse je m'y précipite. Je me trouve nez à nez avec un gars en manches de chemise. Il se tient debout contre le mur, les joues crispées, le regard flottant, avec sur sa physionomie l'air de regretter de ne pas se trouver dans un cinéma quelconque...

C'est un garçon jeune, bien bousculé, aux cheveux vaguement roux.

Il me considère comme Christophe Colomb a dû considérer l'Amérique en y abordant.

Et alors il a la plus humaine, la plus drôle des réactions.

Il hoche doucement la tête et murmure :

— Bonjour, monsieur!

CHAPITRE III

O MES ARPIONS!

Quand je me penche sur mon passé j'ai souvent un étourdissement devant cette immense perspective de coups fourrés.

Il y a du monde derrière moi, je vous l'annonce. Et, en général, il s'agit d'un populo peu bavard. Des mecs dont j'ai chambardé le destin et qui moisissent avec un cubage de terre glaise sur le buffet en attendant les trompettes du jugement dernier! Pourtant, en examinant mon comportement, je dois reconnaître qu'il y a une vertu que j'ai toujours pratiquée et dans tous les cas : il s'agit de la politesse. En toutes circonstances — et Dieu sait si des circonstances j'en ai traversé — je ne me suis jamais départi de la plus parfaite courtoisie. Louis XIV me le disait encore l'autre jour : « Depuis Colbert on n'a jamais trouvé un gnace aussi poli que ta pomme! »

C'est pourquoi je réponds « bonjour » au

type qui grelotte de trouille dans la cuisine.
Pas besoin d'avoir suivi les cours de l'École
Universelle pour comprendre que ce mecton
est le gigolpince de la mère Van Boren. Je me
dis qu'au fond tout se résume peut-être par
une banale histoire d'adultère.

Les tourtereaux étaient en train de jouer à
la cuillère dans l'assiette à soupe lorsque le
mari est arrivé. Air connu! Des goualantes
commac on en brame à tous les carrefours. Il
y a partout des glands de voyageurs de
commerce qui rentrent chez eux un jour trop
tôt et qui trouvent leur pépée en pleine
extase. Alors ils se fichent en renaud et y a
du grabuge. Je vois très bien Van Boren
s'annoncer dans la carrée et ameuter la
garde. Les amants réagissent et, pour avoir
la paix, filent le gnace par-dessus le bastingage. Quatre étages de valdingue, ça calme
les nerfs d'un mec ulcéré. Il a beau avoir plus
de cornes qu'un élan, en général, la bosse
qu'il se fait pardonne tous les péchés d'adultère.

J'ouvre la porte du placard et je trouve la
boutanche de vinaigre.

— Suivez-moi! dis-je au mirliton.

Il obéit.

Mais le vinaigre est inutile car, lorsque
nous pénétrons dans le studio, la fille a
retrouvé l'usage de la comprenette.

Je pose ma bouteille sur un meuble et j'allume une cigarette.

— Alors, dis-je, où est-ce qu'on en est?

C'est ce que paraît se demander le jeunot flageolant. Rappelez-vous qu'il a les quilles entre parenthèses, ce joli coco.

La blonde lui dit, d'une voix rauque :

— Jef vient de se tuer dans la cage d'ascenseur.

A sa frousse s'ajoute la stupeur. Il me regarde sans comprendre.

— Faites pas l'innocent, je rouscaille, puisque c'est vous qui l'avez balancé. Il vous a surpris en train de jouer à touche-pipe-line et vous avez eu les foies du scandale... Hein, avouez?

Il n'avoue rien. La bouille est aussi expressive que trois boîtes de petits pois à l'étuvée. Il est peut-être fortiche du côté calbard, le garçon, mais à coup sûr, ça n'est pas l'héritier spirituel d'Einstein.

Il lui faut un bout de temps pour comprendre l'accusation que je formule contre lui. Alors il devient d'un joli vert amande et il s'assied à côté de sa souris, sur le canapé.

— Huguette, balbutie-t-il... C'est pas vrai... J'ai pas fait ça, dis-lui...

Un vrai môme. Pitoyable...

J'attaque Huguette parce qu'elle est femme et que les mouquères ont davantage le sens des réalités. Elles ont plus de ressort aussi. Parfois elles ont même du ressort à boudin, comme le dit mon collègue Bérurier qui n'a jamais laissé passer un jeu de mots à condition qu'il fût mauvais.

Elle me demande :

— Qui êtes-vous?

Il y a longtemps qu'elle aurait dû me poser cette colle. Dans l'émotion, ça ne lui était pas venu à l'esprit.

J'y vais de ma chanson.

— Je suis policier. Français, mais policier... En mission en Belgique, fortuitement, j'ai été appelé à surveiller votre mari, je venais pour lui poser certaines questions lorsqu'il a atterri à mes pieds... Alors j'ai trouvé ça louche. Je me suis engagé dans l'escalier. *Je n'ai rencontré personne.* Vous comprenez ce que ça veut dire, non? Il a donc été poussé dans le vide par une personne de l'immeuble. Or je ne connais personne dans cette maison mais je suis à peu près persuadé que vous seule aviez intérêt à lui faire faire cette gambade dans l'espace...

Elle se voile la face...

— Non! Non! Je n'ai rien fait... Je n'ai pas vu mon mari... Il n'est pas entré, je n'ai rien entendu...

Tandis qu'elle proteste, je me mets à évoquer l'accident. L'accident tel que je l'ai

vécu, moi. Il y a eu un grand cri d'épou-
vante, mais *avant* ce cri aucun bruit insolite.
Or, d'après le peu que j'en ai vu, Van Boren
était un homme costaud. Il ne se serait pas
laissé entraîner à l'ascenseur sans renauder
vilain et ruer dans les brancards.

En admettant que le gigolpince de
madame l'ait assommé avant de le porter à
la cage d'ascenseur, il serait tombé sans crier,
étant anesthésié... Quelque chose m'échappe.
Non, franchement, ça ne tourne pas rond
dans ma petite tête... Il se passe trop de
choses à la fois, que je ne parviens pas à
assimiler normalement.

Les deux amants me regardent, incertains.

— Vous faisiez quoi? Je leur demande.

Ils baissent la tête.

— Et vous n'avez rien entendu?

— Nous étions dans la chambre à coucher,
au fond de l'appartement, avoue la femme.

— Votre mari n'a pas pu entrer sans que
vous l'entendiez?

— Impossible, la chaîne de sécurité de la
porte était mise.

Elle est organisée, la dame! Les gonzesses
le sont toujours dans ces cas-là. Pour jouer à
zizi-panpan elles s'entourent de mille précau-
tions...

— Il y a une porte de service dans la
cuisine? je questionne.

— Oui...

Je l'avais remarquée en allant chercher le vinaigre. Donc, d'une part, Jef Van Boren ne pouvait entrer à l'improviste, de l'autre, l'amant pouvait se faire la valise en loucedé. Pas de grabuge possible. Ils étaient peinards et n'avaient nul besoin de buter le cornard s'il radinait... A moins que... Oui, à moins qu'ils ne fussent (faites pas attention, j'ai obtenu le premier prix de subjonctif au dernier concours agricole) résolus à le supprimer depuis longtemps... En ce cas ils auraient choisi un autre mode d'exécution, celui-ci s'avérant un peu tapageur !

Je balance à nouveau au-dessus des scrupules, ce qui est ma cage d'ascenseur à moi, mon gouffre ! Dois-je alerter la rousse de par ici, ou bien...

— Montrez-moi vos papiers ! dis-je au jeune gars.

Il va chercher sa veste et me produit une carte d'identité.

Je lis sur le carton qu'il se nomme Georges Ribens et qu'il habite avenue Léopold-Ier, 186. Je note ces tuyaux sur mon carnet.

— Bon. Vous pouvez filer...

— S'il vous plaît ? balbutie-t-il.

Assez ennuyé comme ça par la liberté que je prends — et par celle que je lui accorde — je brame :

— Je vous dis que vous pouvez les mettre, vous barrer, vous tailler, faire la valise, vous casser, disparaître! On ne parle donc pas le français à Liège?

Il a un petit mouvement effarouché.

— Si, si... Je...

— Compris? je gueule.

Il fait oui de la tronche et fonce dans le couloir.

— Prenez la sortie de service! je crie. Et tâchez de ne pas jouer au c...; si vous disparaissez de la circulation, ça chauffera pour vos plumes, gars!

On entend claquer la lourde de la sortie de secours. Me voilà seul avec la jeune veuve. Le chagrin lui va bien. Il donne du romantisme à son visage qui en était dépourvu.

Je lui prends le poignet.

— Écoutez, petite, fais-je d'une voix mesurée, vous le voyez, j'agis de façon assez cavalière avec mes collègues belges. S'ils savaient que j'ai permis à un élément du drame de s'esquiver ils me diraient deux mots, et même davantage...

Elle a un imperceptible signe d'acquiescement.

— Bon, je vois que vous comprenez. Moi, je tenais à rester seul avec vous parce que j'ai un tas de questions confidentielles à vous poser. Du moins ce sont les réponses que vous ferez à ces questions qui seront confidentielles.

Elle a de nouveau son gentil petit signe docile, soumis.

Elle est jolie comme un cœur avec ses cheveux blonds, ses yeux bleus embués de larmes, ses pommettes rougies par le chagrin.

Le chagrin? Hum! En a-t-elle tellement? Je crois plutôt qu'elle a été « retournée » par la nouvelle apprise de façon aussi brutale. Mais le chagrin, ça, c'est autre chose.

— Voyons, Huguette...

Que je lui donne son prénom, ça la fait tressaillir. Elle doit se dire que les flics français ont une façon assez curieuse de conduire leurs enquêtes et de s'adresser aux suspects.

— Voyons, Huguette, que faisait votre mari?

Elle hausse les épaules.

— Il était agent général d'une firme allemande pour la Belgique.

— Il représentait quoi? Du poil à gratter ou des mitrailleuses jumelées?

— Des appareils photographiques. La maison Optika, de Cologne. Vous connaissez?

— Non. Les photos ne m'intéressent que lorsqu'elles sont coquines et je les achète dans des boutiques spécialisées.

Elle sourit à travers ses larmes.

— Oh! vous, les Français...

— Quoi donc, nous les Français? Vous vous montez le bourrichon à notre sujet. Vous vous imaginez tous que Paris est une maison close ambulante et que les gars qui prennent le métro vont faire des passes.

— Non, se défend-elle, croyant m'avoir offensé... Seulement les Français ont la réputation d'être...

— D'être?

— Dévergondés...

La vie est crevante, je vous dis! On est là, elle et le gars mézigue, à discutailler peinardement du mérite et de la polissonnerie du Français moyen tandis que son bonhomme gît au-dessous de nous, le bocal ouvert comme les portes de la « Cipale » pour l'arrivée du Tour de France.

Inconscience féminine. Les donzelles, je vous jure! Et elles sont toutes pareilles. Des pétroleuses, des tordues!

Ah! les carnes! Et ça conduit le monde. Ça fait fonctionner les fonctionnaires, guerroyer les guerriers.

Ça fout le feu à l'eau de source!

J'en suis écœuré. J'en ai la glotte qui fait du yo-yo.

— A en juger par le beau jeune homme de tout à l'heure, je crois que vous ne donnez pas votre part aux chiens, vous autres!

Elle sourit faiblement.

— Je vais vous faire un aveu, dit-elle.

— On est là pour ça, Huguette.

— Vous êtes gentil, murmure la douce enfant.

— Voilà trente-cinq ans qu'on me le répète!

— Mon mari et moi n'avions plus aucun contact...

— Divorcés?

— Non... Séparés de corps... Il venait rarement à la maison. Toujours en voyage... Alors forcément, je... j'avais arrangé ma vie autrement.

— Forcément.

Après tout, c'était son droit de se distraire du moment que son légitime n'était plus à la hauteur!

Vous remarquerez que ce sont toujours les jolies gosselines qui sont larguées par leurs mecs. Alors que les tarderies, les aigres, les jaunâtres, les à-verrue-à-touffe, leur mènent la dragée haute, à leur conjoint! Au marti-net! Au piquet! Vous me ferez cent lignes, la vaisselle, l'amour et le repassage!

Et vous m'alignerez la paie le samedi en rentrant! La vie, quoi!

Je regarde Huguette... Sa poitrine se soulève curieusement. C'est pas du Michelin. Des roberts de ce format on ne les gonfle pas avec une pompe à vélo. Machinalement j'y mets la main.

C'est un geste aussi auguste que celui du semeur. Ça vous mène soit à la renverse soit à la baffe sur le museau.

Pour le quart d'heure je ne reçois pas de mornifle. Comme dirait la gonzesse à qui un individu avait crié : « La vertu ou la vie! » : « Je suis toujours là. »

Je te lui fignole un patin à changement de vitesse qui ferait fureur au palais de glace. Ça met du liant dans les relations.

Voilà la donzelle qui roucoule, oubliant de plus en plus qu'il y a cent kilos de macchabée quatre étages plus bas.

J'irais bien de mon voyage au pays du mimosa en branche, mais franchement j'estime que ça n'est pas le moment. Jusqu'à preuve du contraire, cette gosse est soupçonnée de meurtre, car enfin il faut trouver une explication valable au décès bizarre de Van Boren. Non?

Je me lève.

— Votre mari était-il au courant de... de vos relations avec Ribens?

— Non. Même s'il avait été au courant, cela lui aurait été égal. Je ne l'intéressais pas.

— Il subvenait à vos besoins?

— Oui.

— Largement?

— Oui.

Je la regarde d'une façon particulièrement appuyée.

— Vous envoyait-il des paquets quelquefois?

— Des paquets?

— Oui... Des... des friandises par exemple?

Son visage ne bronche pas et dégage la même candeur.

— Jamais...

— Vraiment?

— Vraiment...

— Où habitait-il?

— Ici, ou en Allemagne...

— Il ne descendait pas à l'hôtel à Liège?

— Oh! non. Pourquoi?

— Avait-il une maîtresse?

— Je l'ignore, je ne m'occupais pas de cela.

— Pourquoi ne divorciez-vous pas?

Elle a une hésitation.

— Parce que... Jef... Enfin, il me payait largement.

Je vois; elle tenait à gagner son bœuf, la petite marrante. C'est pourquoi elle s'accommodait d'une situation ambiguë, contiguë et antidérapante.

— Dites, beauté, et des ennemis, lui en connaissiez-vous, à Jef?

Elle ouvre de grands cocards.

·— Des ennemis? Non, pourquoi en aurait-il eu?

Je me relance dans le franc-parler.

— Parce qu'un homme qui se fait buter n'a pas que des amis, ma belle.

— Ah?

— Ben, voyons...

J'ajoute entre mes ratiches :

— Et puis, un homme marié à une pareille pétroleuse ne peut pas affirmer qu'il n'en a pas!

— Quoi? demande Huguette.

Je hausse les montants.

— Rien...

Elle va pour protester devant mon attitude, mais un coup de sonnette vient faire diversion.

CHAPITRE IV

O FUNÉRAILLES!

Il y a tout un trèpe dans l'immeuble. On vient de découvrir la carcasse de Van Boren et les naturels du coin veulent être laga lorsqu'on annoncera la mauvaise nouvelle à sa femme. Les hommes sont comme les mouches à chose. Dès que ça pue quelque part, ils radinent en vitesse, avides, se bousculant, ouvrant des lucarnes grandes comac pour ne pas louper la séance.

Un agent de police prend la parole. C'est un jeune, pâlot, qui n'a pas l'air d'aimer ce genre de besogne. Huguette Van Boren est très bien. En entendant le coup de carillon, je l'ai rapidement chapitrée.

— Gaffe! On vient vous affranchir sur l'accident. Pas de simagrées. De la dignité. Vous ne savez rien. Moi, je suis un correspondant de votre mari. Il m'a fixé rendez-vous ici et ça fait une heure que je l'attends.

Elle fait signe qu'elle est d'accord sur tout et délourde.

J'apprécie alors à quel point elles sont rusées, combien elles sont comédiennes, les garces! Dans chaque gonzesse, il y a une Sarah Bernhardt qui somnole. Mais qui somnole d'un carreau seulement. Elle y va dans les gammes sensorielles, Huguette. Et à fond de ballon. Pour la suivre dans ce chemin creux, faudrait s'être farci vingt piges de Comédie-Française, et encore!

Elle donne le la avec un air stupéfait qui lui vaudrait d'être engagée comme partenaire de de Funès, puis, lorsque le jeune cogne a jacté, ce sont les grandes eaux, les petits cris, les « Où est-il, je veux le voir! Laissez-moi aller près de lui! » De quoi faire chialer trois mètres cubes de ciment armé! Les assistants, bons bougres dans le fond, s'essuient les hublots, le flic en uniforme passe deux doigts fébriles entre son col et sa peau pour se donner un peu plus d'oxygène.

Moi, je reluque la séance en me disant que ça n'est pas la peine d'aller douiller des dix, onze ou douze balles au Rex ou au Marignan pour voir des films qui puent le studio, lorsqu'à l'œil on peut s'offrir des superproductions en réel-color, panoramique, relief, etc.

La période de confusion passée, le flic fait

entrer Huguette chez elle. Une voisine com-
patissante s'introduit subrepticement avec
une bouteille de rye dont elle fait lichetro-
gner plusieurs rasades à ma protégée. En bas
de l'immeuble, c'est le puissant remue-
ménage. Police secours radine pour canaliser
les badauds. La police s'amène pour les
constatations.

Nous avons bientôt la visite d'un jeune
inspecteur, roux comme un brasero allumé, à
la tête osseuse, aux yeux gris acier, qui
paraît en rogne contre l'humanité depuis sa
naissance.

Il nous regarde, Huguette et moi, comme,
un instant auparavant, j'ai regardé Huguette
et son amant. Pas besoin de lire l'avenir dans
le marc de café pour comprendre ce qu'il
pense.

Il laisse un instant Huguette sous la garde
d'un de ses subordonnés, puis il me fait signe
de le suivre dans la pièce voisine qui se
trouve être la chambre à coucher. Le lit
garde l'empreinte de deux corps. Je suis
passagèrement confus, car le flicard ne doute
pas un instant que je suis le petit copain de
la jolie petite veuve et que je lui ai joué la
grande scène d'Adam et Ève se consolant de
la perte du Paradis terrestre.

Entre parenthèses, en voilà deux, Adam et
Ève, qui auraient mieux fait de bouffer des

poires ou du chewing-gum au lieu d'une
pomme. Ça aurait mieux valu pour tout le
monde, moi, je vous le dis. Maintenant on
serait peinards, sans soucis, sans tracas...
Mais ces vaches ont croqué une malheureuse
pomme et c'est nous qui avons les pépins. Je
sais que le jeu de mots n'est pas fameux,
mais il est assez bon pour vous faire marrer,
tas de noix!

Je regarde le rouquin et il me regarde.

— J'ai vu votre photographie quelque
part, dit-il, soupçonneux.

Comme quoi, pour un Belge, il a l'œil
américain.

— Vous croyez?

— J'en suis certain. Qui êtes-vous et que
faisiez-vous dans cette maison?

Je sors ma carte et je la lui exhibe.

Il change complètement d'attitude. Il
devient frétillant, heureux.

— Monsieur le commissaire San-Antonio!
C'est un grand honneur pour moi, je...

Je le calme du geste.

— Pas si fort...

Il baisse la tête.

— Puis-je vous demander...

— Ce que je fiche ici?

— Heu... oui!

A toute vibure, je lui monte un petit
cinéma.

— Je faisais une enquête en Allemagne. J'ai été amené à m'intéresser à Van Boren. J'interrogeais discrètement sa femme en prétextant que j'étais une relation d'affaire, lorsque le... le drame s'est produit.

Il a ce parfait cri du cœur.

— Comment! Elle est innocente?

— Pourquoi? Vous la soupçonniez?

— Oui, j'avoue. Quand on m'a dit que toutes les portes étaient fermées au moment où...

— Qui vous a dit cela?

— La voisine d'à côté. L'ascenseur ne fonctionne que pour la montée. Elle est descendue et n'a rien remarqué d'anormal. En bas, quelqu'un a actionné le bouton d'appel comme elle parvenait au rez-de-chaussée. Elle a baissé les yeux et a aperçu le cadavre... Elle s'est mise à crier et a donné l'alerte.

Il ajoute :

— Pensez-vous que Van Boren ait été assassiné?

— Oui...

— Par qui?

— Vous m'en demandez trop...

— Alors, insiste-t-il, sa femme est innocente?

— Oui.

— Bon... Du moment que vous me le dites...

Il a beau être impressionné par ma « personnalité » (ce coup de savate dans les chevilles), il ne me croit pas. Ou plutôt ça lui fait mal aux seins de me croire. Ce gars-là doit être têtu comme douze mulets attachés à la queue leu leu. Il a de la personnalité, de la ténacité et le respect de ses supérieurs, bref, tout ce qu'il faut pour réussir dans la police.

Je m'assieds et lui offre une cigarette à bout de coton. Il l'accepte, tant mieux; plus vite j'aurai liquidé ce foutu paquet de sèches à la gomme, plus vite j'aurai l'âme en paix.

— Vous avez des tuyaux sur Van Boren? je demande.

— Non, pas encore, mais ça ne saurait tarder.

— Vous me rendriez service en recueillant le maximum de rencards à son sujet.

— Bien...

— J'irai vous dire bonjour à la P.J. Vous vous appelez?

— Robierre.

— Merci.

Je lui serre la louche et je vais prendre congé d'Huguette.

— Je vous verrai tout à l'heure, lui dis-je à l'oreille. Vous ne serez pas inquiétée!

D'un regard chargé de tais-toi-tu-m'af-foles, elle me remercie. En voilà une, le jour où je voudrai, je n'aurai qu'à poser ma candidature. J'ai droit à ses charmes en priorité.

Je me casse dans l'escadrin d'un pas pensif, car j'ai parfois le pied méditatif.

En bas, le hall est noir de peuple. Des brancardiers ont carré la dépouille de Van Boren sur une civière et l'ont recouverte d'une toile de bâche. Des journalistes de *la Meuse* s'activent et font gicler le magnésium. Ils interrogent la voisine qui a aperçu le corps. Cette dernière, une grosse tarte fondante comme une tonne de beurre laitier, explique comment elle a repéré le corps.

Je stoppe pour esgourder ses explications.

— Il me restait quatre marches, allez! dit la motte de beurre. Et je voyais un homme qui appuyait sur le bouton d'appel en ron-chonnant, allez! Je baisse les yeux, et alors je vois quelque chose de sombre avec une tache claire... J'ai tout de suite compris, n'est-ce pas, que c'était un homme! J'ai crié en montrant au monsieur qui attendait... Il a regardé... Il s'est penché, puis il a juré, allez! Un vilain mot, n'est-ce pas, que je ne peux pas répéter, allez!

« Et il est parti... Moi j'ai crié, ça m'a retourné les sangs, n'est-ce pas? »

Tout le monde opine. Je m'approche de la tarte au beurre.

— Je m'excuse, madame...

Elle a un regard bouffi, des lèvres épaisses comme deux « châteaubriants » superposés et des joues qui lui pendent sur le corsage.

— Monsieur?

— L'homme qui appelait...

— Oui...

— L'avez-vous revu?

— Non...

Les journalistes sont très intéressés par ma question. Ils font cercle.

— Vous dites qu'il a poussé un juron en regardant le cadavre?

— Oui, dit la voisine en se signant. C'était honteux...

— *Avez-vous eu l'impression qu'il reconnaissait le mort?*

Elle hésite. Les idées s'enfoncent lentement dans sa graisse. D'ici que mes questions soient parvenues à destination et que les réponses surgissent de cette masse gélatineuse, on a le temps d'aller voir jouer le *Comte de Monte-Cristo* en deux épisodes.

Je guette les réactions de la dame.

— Oui, dit-elle enfin, c'est ça, je n'y avais pas pensé plus tôt, allez, mais il le connaissait sûrement.

— Et il est parti?

— En courant... J'ai cru qu'il allait chercher du secours, n'est-ce pas?

— Évidemment...

Un nouveau silence. On entend grincer les
stylos des journalistes.

Une vilaine tache rouge s'élargit sous la
civière.

— Comment était cet homme, chère
madame?

Un nouveau temps de pause. A la fin, elle
accouche :

— Grand, trapu, il avait un imperméable,
un chapeau rond, gris... Et puis, je crois une
moustache blonde...

— Ah!

Je salue discrètement et je me glisse
dehors. Dans mon dos, un gars demande qui
je suis; un autre qui veut paraître informé lui
affirme que je suis quelqu'un de la police.
C'est rageant, nom de f..., d'avoir l'air d'un
bourre! J'ai beau avoir de l'esprit, y a pas,
mon métier transparaît dans mes façons.

Flic! ça me poursuivra toujours...

Enfin, vaut mieux avoir l'air d'un flic que
d'un moulin à vent.

Sauf le respect que je dois à mes lecteurs,
j'ai des crampes d'estomac qui commencent
à se faire tapageuses. Le célèbre coureur de
brousse Marcel Prêtre, le premier explorateur

suisse (à droite en allant sur Neuchâtel), me disait naguère qu'en A.O.F. on décèle la présence des éléphants à leurs borborygmes. Je dois avoir un éléphant dans mes ascendants, car les gens se détranchent sur mon passage. Je réalise alors qu'il est près de deux plombes de l'après-midi et que ma brioche appelle la tortore.

Je me rends alors dans un petit restaurant où l'on me sert des boulettes de viande arrosées de sauce tomate. Ici, c'est l'aliment de base, faut se résigner.

J'en consomme deux porcifs, puis je bois un jus très corsé et je me mets à penser.

Les choses ont pris une tournure qui m'empêche décemment de quitter la Belgique pour le moment. Maintenant que Van Boren est clamsé, les diamants qu'il a expédiés à sa souris risquent fort de ne pas parvenir à destination, c'est mon petit doigt qui me susurre ça. Je ne suis pas riche, mais je donnerais bien la fortune de l'Agha Khan pour savoir ce que maquillait le gnace Jef ces derniers temps. M'est avis qu'il ne devait pas s'occuper seulement des appareils photos allemands. Ce zigoto avait une autre activité beaucoup plus rémunératrice... Je me trompe peut-être... Et j'ai tellement envie de percer ce mystère que, d'un seul coup, d'un seul, je me sens pris pour Liège d'une affection démesurée qui confine à la passion.

En ce moment, il y a dans un bureau de poste de la ville un paquet de fruits confits pas ordinaire au sort duquel je m'intéresse prodigieusement. Van Boren serait mort de ça que je n'en serais pas surpris.

Je revois le cadavre disloqué au fond de la cage d'ascenseur. J'ai encore dans les oreilles le cri terrifiant du gars... Je peux me vanter d'être le dernier homme à l'avoir vu vivant. Je ne l'ai pas vu longtemps, mais je suis certain du moins qu'il n'était pas mort à ce moment-là.

Qui l'a tué? Sa femme, l'amant? Les deux? Ou bien quelqu'un d'autre?

En ce cas, ce quelqu'un d'autre est entré ailleurs. *Il n'a pas quitté la maison!*

Ah! le beau problème! A moi, Hercule Poirot, Maigret et consorts!

Je repousse ma serviette et, après avoir ciglé mon orgie, je me dirige vers le bureau de poste que je connais bien et où la préposée au bignou — une blonde qui frise la quarantaine — m'adresse des sourires languides.

Je demande le numéro du chef.

— Pas libre, me dit-elle au bout d'un instant.

— Je vais attendre...

On se met à bavarder de la pluie et surtout

du beau temps qui vient de faire son apparition. Je lui dis qu'il fait un temps à aller casser une croûte un de ces jours sur les rives romantiques de la Meuse, et elle est sur le point d'accepter lorsque j'obtiens ma communication.

Le Vieux est à cran.

— Ah! bon, c'est vous, dit-il, vous êtes à Paris?

— Heu!... Non, il y a du nouveau, je suis resté à Liège...

— Qu'appelez-vous du nouveau? questionne-t-il d'un ton rogue.

— J'avais pour voisin de chambre à l'hôtel un type qui s'amusait à s'expédier des millions en diamants dans des fruits confits et qu'on vient d'assassiner sous mon nez, que dites-vous de ça, patron?

— C'est un cas très intéressant...

— N'est-ce pas?

— ... Oui, pour la police belge. Mais ça ne nous regarde pas. Je vais avoir besoin de vous, rentrez le plus tôt possible.

Il m'arrache le cœur, le vieux salingue. C'est comme lorsqu'on vous réveille au moment où, dans votre rêve, vous allez vous distraire avec une pin-up!

— Mais, patron...

Je l'entends qui abat son coupe-papier en bronze sur son encrier de cuivre.

— Qui vous paie, demande-t-il, l'État français ou l'État belge?

— Je sais bien, Boss, mais j'avais pensé que si rien n'urgeait vraiment là-bas... Vous savez comme je suis... Mettre le nez dans une affaire pareille et...

Il se racle la gargane, ce qui ne présage rien de fameux.

— Écoutez, San-Antonio, déclare-t-il, je me moque éperdument de ce qui se passe à Liège. Vous êtes sous mes ordres et vous m'obéirez, sinon vous voudrez bien m'adresser votre démission.

Alors là, la moutarde me monte au nez. Et c'est de l'extra-forte, croyez-le. De l'Amora! La bonne moutarde de Dijon!

Je vous fais juge : être un superman de la rousse, se faire trouer la peau pendant des années pour un salaire chétif; ne connaître ni repos ni vacances pendant des mois, tout ça pour se faire liquider au premier tournant comme un laveur de vaisselle qui a pissé dans le bac à plonge, c'est dur à écraser!

— Entendu, chef, dis-je, je vous adresse immédiatement cette lettre de démission.

Un silence. Il en a le souffle coupé. Enfin il murmure d'un ton benoît :

— San-Antonio...

— Chef?...

— Ne faites pas l'enfant. Si on ne peut plus vous parler!

— Mais, chef...

— Vous prenez un sale caractère en vieillissant, mon petit!

Mon petit! Tu parles!

— Vous êtes là? demande-t-il.

— Et même un peu là! je réponds...

Il toussote.

— Écoutez, franchement j'ai besoin de vous. Je vous attends à mon bureau après-demain, débrouillez-vous...

Il reprend le dessus, le Vieux.

— Bon, entendu, merci pour le sursis...

Je raccroche assez brusquement.

Je sors de la cabine.

— Je vous dois combien?

Je cigle la grosse postière et je me barre sans lui parler plus avant de notre balade sur la Meuse.

Elle en a le sous-sol ravagé comme par un séisme, la pauvre âme. Ses yeux se voilent comme ceux de Manon.

De quoi se fendre le parapluie, moi je vous le dis!

CHAPITRE V

O PUNAISE!

Si j'examine d'un peu près mon comportement, je suis bien obligé d'admettre que la logique et moi n'avons pas encore été présentés!

J'agis toujours suivant mes impulsions sans m'occuper si elles concordent avec la plus élémentaire raison. Que voulez-vous, je suis ainsi fait : je n'écoute que la voix de mon cœur valeureux! Ça fait une moyenne avec tous les fumelards qui n'obéissent qu'à celle de leur porte-monnaie.

Vous avez vu? J'ai eu une prise de bec sanglante avec le Vieux. J'y ai balanstiqué ma démission au portrait et tout ça, pourquoi? Hein! dites voir? Pour pulvériser un mystère liégeois.

Le plus marle, c'est que je ne sais par quel bout choper l'histoire.

Il fait un temps somptueux. Les brasseries

regorgent de populo et les bergères ont de la
langueur dans les roploplos. Un vrai temps à
augmenter son tableau de chasse pour un
dégringoleur de souris.

Mais je n'ai pas la tête à ça aujourd'hui,
malgré la scène de vampage de la mère Van
Boren. Remarquez que, pour le figue-figue,
je suis toujours prêt, comme les boy-scouts.
Mais il y a des circonstances où l'esprit n'y
est pas.

J'aborde un poulet en uniforme occupé à
embrouiller la circulation à un carrefour et je
lui demande l'adresse de la P.J.

Il me la donne. D'après lui, ça n'est pas
très loin. J'y vais donc à pince. Du reste, je
vous l'ai déjà dit, j'ai un pressant besoin
d'exercice. Quatre kilos à perdre en un temps
record si je veux retrouver la ligne!

Au pas, camarade; au pas, au pas, au pas!

Robierre est dans son bureau. Un burlingue qui, comme tous les burlingues de
police, sent le tabac et le papier moisi.

Il m'accueille d'un sourire bienveillant.

— Je ne vous dérange pas? je questionne
par politesse, manière de sauvegarder la
réputation française.

— Au contraire...

Il me regarde, sa petite baffle hérissée
comme celle d'un chat. Il brûle de me poser

une question. Comme moi j'en ai bien davantage à exprimer, je lui tends la perche.

— Vous voulez me demander quelque chose?

— Heu... c'est-à-dire... Vous m'avez dit qu'une enquête menée en Allemagne vous avait conduit jusque chez Van Boren... Je pense donc que l'assassinat de ce dernier a un rapport peut-être étroit avec votre enquête, non?

— Sans doute...

— Alors, peut-être que si nous mettions en commun les éléments dont nous disposons...

Je me rembrunis.

— Écoutez, Robierre, je n'ai pas l'habitude de tirer à moi les couvertures, mais mon boulot est très particulier puisqu'il s'agit de contre-espionnage. Je ne puis donc rien vous révéler pour l'instant...

Ouf!

Sale moment à passer. Je me dis que si ce mec a pour trois francs belges de machin où je pense, il va ouvrir en grand la lourde de son bureau et me livrer à coups de savates dans le pétrus en me traitant de tous les noms.

Son front s'empourpre en effet. Mais il n'a pas pour trois francs de ce que je vous dis. Il demeure assis et allume une cigarette pour se donner une contenance.

Pour dissiper ce mauvais nuage, je poursuis à pleine pompe :

— Le meurtre en tant que meurtre ne
m'intéresse pas, Robierre. Je peux vous aider
puissamment et vous laisser le bénéfice des
résultats intégralement. Non seulement je
puis le faire, mais je dois le faire. Alors je
vous fais une proposition honnête : aidez-moi
sans me questionner et vous pourrez vous
confectionner une hutte avec les lauriers
recueillis, d'accord?

Sa bouche mince se fend d'un sourire.
Quand on parle aux hommes un pareil
langage, on est toujours certain d'avoir un
bon public.

— Je suis à votre disposition, dit-il...

— O.K.! Vous avez du nouveau?

— Non...

— Que sait-on de Van Boren? D'où vient-
il, que faisait-il exactement?

Il passe un doigt noueux entre son faux-col
rigide et sa glotte proéminente.

— Van Boren, commence-t-il, appartenait
à une vieille famille liégeoise. Son grand-père
fut même bourgmestre de la ville... Il n'y a
apparemment rien de spécial à signaler à son
sujet. Il a fait de bonnes études et a occupé
un poste important dans l'administration du
Congo. Il en est revenu voici trois ans et s'est
marié à une petite vendeuse de grand maga-

sin. Il a pris une représentation générale de
la maison Optika de Cologne... Le ménage
n'a pas été lié très longtemps. Van Boren
avait l'esprit d'un célibataire endurci, la
jeune femme au contraire aime la vie... Vous
voyez le genre?

— Oui, je vois...

A vrai dire, j'avais déjà vu. Il ne m'appre-
nait rien de bien nouveau, le collègue.

J'hésite, puis je lâche le gros paquet.

— Dites-moi, fréquentait-il des milieux de
diamantaires?

Robierre semble surpris.

— Je ne crois pas... Pourquoi?

Je lui pose amicalement la paluche sur
l'épaule.

— Excusez-moi, pour l'instant ça fait
partie de mes petits secrets.

« Dites voir, vous n'avez rien trouvé de
spécial sur lui? »

Il sourit.

Une légère hésitation passe dans son
regard clair. Jamais il n'a été aussi roux,
Robierre. Un rayon de soleil caressant sa
chevelure la fait littéralement flamboyer.
C'est pas un homme, c'est un Van Gogh!

En soupirant, il ouvre le tiroir de son
bureau et y puise une enveloppe. A l'intérieur de la pochette de papier se trouve une
montre-bracelet.

— Ouvrez le boîtier, conseille-t-il.

Je fais jouer la plaque d'or protégeant les rouages de la montre. Je regarde le mouvement. La vie secrète, furtive et précise du bijou continue.

— C'était la tocante de Van Boren? je questionne.

— Oui... C'est un miracle qu'elle n'ait pas été détériorée par la violence du choc...

— En effet...

Je regarde Robierre d'un air interrogateur. Où veut-il en venir avec cet oignon à la noix?

— Retournez la plaque de protection, dit-il.

J'obéis et j'ai la surprise de découvrir une minuscule photographie collée contre l'envers d'un boîtier. L'image est grande à peu près comme le quart d'un timbre-poste et, vous me croirez si vous voulez, mais il m'est impossible de définir ce qu'elle représente. Comme pourtant tout évoque quelque chose à nos esprits affûtés, j'ai l'impression qu'il s'agit de la photo d'une peau de panthère. Cela représente des taches inégales mais régulièrement disposées.

Je regarde Robierre.

— *Quès aco?*

Il puise une loupe dans le même tiroir d'où il a déjà sorti la montre. Il me la tend.

Je regarde à travers le verre bombé, mais

ça grossit le document sans le préciser. Il m'est toujours impossible de me prononcer sur la nature de ces motifs.

Cela fait penser à ces devinettes photographiques qu'on trouve dans des baveux comme *Consternation*, vous voyez ce que je veux dire? On voit un gros truc rond et pâle et on vous demande s'il s'agit de la lune à son premier quartier, d'un gros plan de feu le roi Farouk ou des fesses de Bardot.

Je continue bêtement à penser : peau de panthère.

— Qu'en dites-vous, Robierre?

Il hausse les épaules.

— Rien...

— Que représente cette minuscule photo, d'après vous?

— Ne serait-ce pas un grossissement de bactéries?

Tiens, il m'ouvre des horizons, le rouquin. Je bigle. En effet, ça pourrait être des microbes. Ou bien une famille de ténias en vacances...

— Très curieux!... Cette photo devait présenter un grand intérêt pour qu'il la colle dans sa montre...

— Il me semble...

— Vous l'avez montrée au laboratoire?

— Pas encore... Je vais à Bruxelles en fin

de journée et je la confierai au professeur
Broossak, un excellent technicien...

— Dites donc, pour un fils de famille
honorable, il avait de drôles de combines,
votre Van Boren.

Robierre fait un signe vague. Et il n'est
pas au courant des fruits confits!

— Vous avez prévenu la maison Optika?

— Oui, j'ai téléphoné...

— Alors?

— Là encore nous trouvons quelque chose
d'insolite...

— C'est-à-dire?

— Van Boren avait quitté la maison
depuis quinze jours.

— Renvoi?

— Démission.

Voilà un mot qui me rappelle quelque
chose. Si le Vieux connaissait l'affaire, je
gage qu'il s'en masserait la coquille! Chaque
fois qu'il est excité, il a ce mouvement
caractéristique pour sa coupole.

Je prends congé de Robierre.

— Vous restez ici longtemps? demande-
t-il.

— Non; *de toute façon*, je pars demain soir,
je suis attendu à la grande taule!

Il sourit.

— Vous ne chômez guère, hein?

Je lui sers l'un des proverbes préférés de
Félicie :

— Le travail c'est la santé!

Sur ces bonnes paroles, je m'emmène
balader avec, dans la citrouille, un mystère
de plus!

CHAPITRE VI

O RAGE!

Comme l'a dit un grand philosophe : trois heures de l'après-midi, c'est l'heure critique de la journée. C'est l'instant où il est trop tard pour assister à la première séance de cinéma et trop tôt pour aller à la seconde.

Or, il est trois heures pile, n'importe quelle honnête pendule vous le dira, lorsque je quitte la P.J.

Le soleil est toujours en plein turbin et les Liégeois en pleine euphorie... Je descends la large voie encombrée par les tramways et les bagnoles qui constitue l'épine dorsale de la ville. Parvenu devant le journal *La Meuse*, je lèche les vitrines où sont « punaisées » des photos d'actualité locale. Les « Compagnons de la Chanson », une reprise de la *Main du Masseur* au Théâtre Municipal, un chien décoré, une élection de Miss Bière-brune; des gens examinent les images avec intérêt...

Ces photos me font penser à celle que je viens de regarder à la loupe. Une photo a pour mission de donner une fidèle reproduction d'objets, de gens, d'animaux ou de paysages... Alors pourquoi ce minuscule cliché incohérent?

Van Boren travaillait dans une maison d'appareils photographiques. Il y a certainement une parenté entre la photo et la digne maison Optika de Cologne à laquelle, du reste, Jef, ce bon Jef avait cessé d'appartenir. Sa femme ignorait cette démission. Alors? Que fichait-il, mon Van Boren, dans un hôtel, près de chez lui, avec ses fruits confits, ses diamants, sa photo lilliputienne?

L'hôtel!

C'est de là que tout est parti, en ce qui concerne du moins mon intervention. Robierre a semblé ignorer que son « client » y soit descendu. Peut-être les bagages du mort m'apprendront-ils des choses? Qui sait?

Je retourne à cet établissement honorable où j'ai passé des heures d'ennui considérable. Le préposé ouvre grandes ses gobilles en me voyant.

— Monsieur n'est pas...?

— Non, je ne suis pas... Ces trains ont le tort de partir à l'heure, j'ai raté le mien et je crois qu'en fin de compte je vais prolonger mon séjour de vingt-quatre heures...

— Tout à votre disposition, monsieur!

— Voici mon bulletin de consigne, vous serez gentil de faire prendre ma valoche à la gare.

— Tout de suite, monsieur...

— Ma chambre est toujours libre? Puisque j'y suis habitué, j'aimerais la conserver...

— Mais certainement...

Je lui passe un royal pourliche et, au moment de décrocher ma clé, je laisse tomber un billet de cent points. Nature, le mecton plonge.

Lorsque vous voulez voir un gnace se plier le pébroque, vous n'avez qu'à semer de l'artiche, l'effet est instantané et miraculeux! Le temps de dire ouf! et votre vis-à-vis est à quatre pattes.

J'en profite pour griffer la clé du 26, car tel était mon plan, mais je tombe sur un os, c'est-à-dire sur un crochet nu. Pas de clé.

Là je suis déçu! Je sais que Van Boren n'a pas emporté la chiave et que, d'autre part, la direction de l'hôtel ne peut être encore au courant de son décès...

L'employé me tend mon bifton.

— Merci, lui dis-je, je suis manche comme tout...

Je questionne, sournois.

— M. Van Boren n'est pas là?

Vous parlez d'une question à la c...!

S'il me répondait que « oui » je ferais une vraie gueule. De quoi faire avorter une femelle crocodile.

Il ne me répond pas que oui mais peu s'en faut.

— M. Van Boren vient de quitter l'hôtel, dit-il...

J'en ai l'estomac qui se retourne comme un vieux parapluie lorsque souffle le sirocco.

— *Vient* de partir? je balbutie.

Dans ma Ford intérieure (comme ne manque pas de placer Bérurier) je pense que le gnace n'a pas une notion exacte du temps. Pour lui qui se fait tartir derrière son rade verni, le matin c'est presque encore le présent, voilà pourquoi il a dit « vient de... ». Ce *vient de* qui m'a fait trembloter la gamberge.

— A l'instant, dit le préposé. Il m'a téléphoné voici une heure qu'il devait partir et il a envoyé quelqu'un pour régler sa note et chercher ses valises.

Bon, tout s'éclaire comme dans un studio au moment où on va tourner la scène des illuminations.

Des mecs s'intéressaient aux bagages de Van Boren... Qu'y cherchaient-ils? Les diams? C'est probable...

— Comment était la personne qui est venue récupérer les colis?

L'employé de l'hôtel paraît un peu surpris

par mes questions. L'intérêt que je manifeste brusquement pour mon ex-voisin de chambre le trouble et même l'inquiète un tantinet.

J'y vais de ma grande tirade, celle qui fait dresser les cheveux sur la tête d'Armand Salacrou.

Furtivement je lui montre ma carte de police et je lui glisse dans la pogne le ticket de cent balles que j'ai laissé choir tout à l'heure.

— Mordez un peu, vieux...

Ses cils farineux battent désespérément, comme les ailes d'un papillon à la lumière. Une averse grisâtre s'abat sur le registre des entrées.

— La po po..., murmure le digne officier de hussards.

— Oui, dis-je, mais ça n'est pas la peine d'en faire une attaque, mon grand...

Afin de le finir, j'ajoute :

— Vous lirez dans votre canard habituel que M. Van Boren a été assassiné ce matin, après avoir quitté l'hôtel...

— C'est pas po po...

— Hélas si, on est peu de chose, mon pauvre Popo; comme dit une vieille dame que j'aime beaucoup : la mort, c'est la vie!

Je change de ton.

— C'est à cause de ça qu'il me faut

rapidement les tuyaux demandés. Comment était l'homme venu récupérer les bagages?

Le gars n'hésite plus.

— Grand, avec un imperméable...

Je complète :

— Un chapeau gris, rond et une moustache blonde?

— Mais oui! Vous le connaissez?

— Pas encore, mais ça se précise... Dites, j'aimerais jeter un coup d'œil à la chambre qu'occupait votre malheureux client.

— On est en train de la faire...

— Aucune importance...

Je m'engage dans l'escadrin et je drope jusqu'au 26.

Une gonzesse à l'air abruti, drapée dans une blouse bleu pervenche, promène un aspirateur sur la carpette.

Elle me regarde entrer exactement comme si j'étais à moi seul la grande parade de Barnum.

Je lui souris (comme dirait l'abbé Jouvence) et lui conseille de ne pas se déranger pour moi. Puis je vais à l'armoire et j'ôte le tiroir après quoi est épinglé le reçu du paquet de fruits confits.

Il faut dire plutôt après quoi « était » épinglé le reçu car il ne s'y trouve plus.

— Vous n'avez pas touché à ce tiroir? je questionne.

Elle renifle une stalactite qui lui pend harmonieusement au tarin.

— Non...

Je me gratte la calebasse.

— Un monsieur est venu chercher les bagages qui se trouvaient ici, n'est-ce pas?

— Oui.

— Est-il resté seul?

— Non... Je suis venue...

— Il a regardé le tiroir?

— Il a regardé partout...

C'est bien ce que je pensais. Conclusion, les gnaces qui s'intéressent aux cailloux (hibou, joujou, chou, genou) savent qu'un lacsonpem a été posté à la nouvelle veuve... Vu la façon dont Jef avait planquouzé le reçu ils se doutent qu'il s'agissait d'un envoi important!

Je souris à la déesse-à-l'aspirateur et je me taille.

Le préposé a dû mettre ses collègues au parfum de mon identité car on me regarde passer avec dévotion.

Je retourne à lui.

— Dites-moi, cher camembert à roulettes, Van Boren avait-il l'habitude de descendre ici?

— Non, c'est la première fois...

— Vous le connaissiez?

— De nom. Son grand-père...

— A été bourgmestre, je sais...

Je réfléchis un brin.

— Vous n'aviez jamais vu l'homme qui a enlevé les bagages?

— Non, jamais...

— Vous ne voyez rien à me signaler à son sujet?

Il ne comprend pas tout de suite et cette incompréhension se lit dans ses yeux myopes comme la choserie humaine sur une affiche électorale. Je précise :

— Il n'avait pas un signe particulier quelconque?

— Oh! non...

— Enfin, il vous a paru normal, oui?

Cette fois il réalise avec précision ma question.

— Il avait des yeux curieux, dit-il...

— Qu'appelez-vous curieux?

— Très clairs, sans expression... Des yeux inquiétants... Et puis aussi un accent... Un accent allemand, je crois bien...

Mais il devient passionnant lorsqu'il s'échauffe, le général haïtien!

— Bravo, c'est très intéressant... Si vous pensez à d'autres détails, notez-les sur un bout de papier. Allez, ciao!

Dans l'entrée, un groom d'âge canonique, les bras croisés, joue à l'exécution du maréchal Ney. Il est rigide comme un dogme protestant et glabre comme un pain de gruau.

— Dites donc, fais-je...

Il soulève son bitos et se fait déférent.

— Tout à l'heure un monsieur est venu chercher des bagages : un grand avec un imper et un chapeau rond, vous voyez?

— Très bien, monsieur, c'est moi qui ai porté les valises dans la voiture...

— Parce qu'il avait une voiture?

— Un taxi, monsieur...

— Un taxi...

Quand je suis perdu dans mes pensées, je joue à l'écho, ça me laisse le temps de gamberger.

— Oui, monsieur...

Il me vient une idée. Une idée peut-être absurde, et peut-être valable... Je me dis que Liège est une ville somme toute assez petite et que les portiers d'hôtel doivent connaître au moins de vue la plupart des chauffeurs de taxi.

— Par hasard, je murmure, vous ne connaîtriez pas le conducteur du taxi en question?

Il sourit.

— C'est un ami à moi, dit-il : Kee Popinge.

Je retiens un soupir qui, exhalé plus violemment, plaquerait mon interlocuteur contre le mur.

— Bien... Très bien...

CHAPITRE VII

O DÉSESPOIR!

Le vieux portier a une bouche qui ressemble à celle de ces personnages sculptés dans du bois pour agrémenter des bouchons chez les particuliers qui ont le sens artistique plus développé que le cervelet. Il n'y a pas besoin d'avoir fait les Hautes Études Politiques pour piger que ma joie le surprend quelque peu.

Comme j'ai toujours eu le pourliche facile je placarde un gros bif dans sa demi-livre avec os.

— Il me faut l'adresse de votre pote le chauffeur, affirmé-je.

— Il habite rue Sainte-Gudule, dit-il, juste au-dessus de la crémerie, je ne me souviens pas du numéro, mais vous ne pouvez pas vous tromper, car il n'y a qu'une crémerie dans la rue.

« Dites-lui que vous venez de la part de Maximilien... »

Il est fier de son préblaze comme d'un brevet de pilote à réaction.

— Ça boume, merci!

— C'est moi qui vous remercie...

J'appelle une tire en vadrouille et lui demande de me conduire rue Sainte-Gudule. Le conducteur se fend le pébroque et m'explique que c'est la rue voisine. Comme elle est à sens unique il faudrait même plus de temps pour s'y rendre en bahut.

J'allonge donc mon compas jusqu'à la crémerie citée plus haut et je demande à la marchande de laitages qui justement prend le frais sur le pas de son estanco à quel étage crèche M. Popinge...

— Au premier, m'assure cette noble commerçante dont toute la personne répand une inoubliable odeur de gorgonzola.

Je me cogne une volée de marches, ce qui est préférable à une volée de bois vert, et j'atterris devant une lourde porte ripolinée.

Tirer le pied de biche est dans mes possibilités physiques. J'attends trois secondes et le rideau se lève.

Un petit garçon est là, le visage superbement barbouillé de confiture.

Il me considère avec circonspection et m'affirme que son papa n'est pas là. Sa maman fait le ménage quelque part et lui sort de l'école. Comme il est seulâbre à la cabane il en profite pour ramoner les pots de groseille de sa vieille; c'est de bonne tradition. Vaut mieux ça que de jouer avec des allumettes ou avec les valseuses du coiffeur d'en face!

— Et où peut-on le trouver, ton papa?

Le petit mecton hausse les épaules comme un grand.

— A la gare, m'affirme-t-il, le train de Paris il ne le manque pas... Et il arrive·à quatre heures et demie.

Voilà qui est pensé en pape. Je lui aligne une effigie d'Albert Iᵉʳ estimée vingt ronds par le Trésor belge et je me barre.

Cette fois, les gars, y a pas d'erreur (et même s'il y en avait ce serait normal, l'erreur étant une chose humaine, tous les Larousse vous le diront, en rose et en latin) je· suis chauffé.

Je commence à prendre le rythme de l'enquête. Car il y a un rythme et un équilibre en tout. Lorsqu'on l'a trouvé on a toutes les chances de gagner le concours du *Figaro* ou de se faire élire conseiller général.

Je commence à avoir la pensarde bien huilée et ça tourne rond. Comme les huit cylindres j'ai toujours un piston en prise... Au poil, les enfants... L'instant approche où je vais faire mon petit Popeye, commencez à faire cuire des œufs durs, ça agrémentera mes épinards... Et surtout ne venez pas vous foutre de mon optimisme ou pour me venger je vous abonne à la *Revue des Deux Mondes!* Ah mais!

Si je vous dis que je suis en forme, c'est que je le suis.

La preuve que tout carbure harmonieusement c'est qu'au moment où je parviens sur l'esplanade de la gare, mon premier chauffeur à qui je demande des nouvelles de Popinge me dit que c'est lui.

Ça veut dire quelque chose, ça, non? Oh! je vois, vous faites les esprits forts; vous êtes de la race des gnaces qui rigolent d'être 13 à table mais qui, en rentrant chez eux se dépêchent de compulser leur Clé des Songes pour vérifier si c'est le plus vieux qui doit canner.

Si vous croyez me berlurer avec vos petits airs supérieurs vous vous carrez le finger in the eye.

Le Popinge en question est gros avec des yeux bons. Il a une cinquantaine d'années en bandoulière et une médaille de saint Christophe à son tableau de bord, vous ne pouvez pas vous gourer.

Il est surpris que je cherche après cézigue. Dans son regard on lit une confiance éperdue en la destinée de l'homme.

— Oui, c'est moi, allez! tonitrue-t-il (ça s'écrie comme ça se prononce).

Je lui montre ma carte. En v'là une qui commence à être usée depuis le temps que je la défouille.

Chose curieuse, il est plus surpris par ma qualité de Français que par ma qualité de flic.

— Tiens, vous êtes Français, dit-il.

— Ça vous surprend?

— Un peu...

— Pourquoi?

— Ben : vous n'êtes pas décoré.

Tant d'esprit me plonge dans un bain de délices d'où je me hâte de ressortir avant qu'il ne refroidisse.

— J'ai besoin de vous, dis-je, avec une gravité excessive.

— C'est vrai?

— Oui... Tout à l'heure vous avez conduit à l'hôtel des Tropiques un type vêtu d'un imperméable et d'un chapeau rond...

— C'est vrai...

— Il est ressorti de l'hôtel avec des bagages...

— C'est toujours vrai...

Je vais vous dire : ce chauffeur, franchement, c'est le brave homme descendu sur la terre derrière une moustache de phoque, mais je ne crois pas qu'il invente le remède

contre le cancer, ni même une recette pour
accommoder les paupières de puces à la sauce
tomate. Il est né pour s'arrêter aux feux
rouges et on ne peut rien contre une destinée
aussi positive.

— Vous allez me mener à l'endroit où
vous avez conduit cet homme lorsqu'il est
sorti de l'hôtel...

Je m'attends à tout sauf à ça... Le
chauffeur se tape sur le baquet comme si
Roger Nicolas venait de lui raconter sa
dernière histoire.

Je me dis que pour déclencher une telle
hilarité j'ai dû mettre mon futal à l'envers ou
bien me passer le visage au noir de fumée,
mais non. Une vérification hâtive m'apprend
que sans être l'arbitre des élégances, ni même
celui du match France-Espagne, mon
accoutrement est conforme à ce que les gens
mornes appellent « la normale ».

— Pourquoi vous vous marrez de cette
façon? je m'informe, avec un poil le mécon-
tentement dans la voix, ce qui, pourtant ne
me fait pas zozoter. Vous êtes là à vous
ouvrir...

Il revient à la gravité inhérente à ses
fonctions.

— Elle est bien bonne, dit-il pourtant...

— Ah! oui?...

— Oui, allez! Le type que vous me causez, je l'ai conduit...

— Où?

— Ici...

— Ici?

— Oui, à la gare.

Comme il a lu dans sa jeunesse des bouquins de Clément Vautel il ne manque pas d'astuce. C'est pourquoi il ajoute :

— La gare, c'est un endroit où ce que vont souvent les gens qu'ont des valises...

Je ne lui réponds pas que sa terrine est une surface sur laquelle pourrait bien atterrir mon poing s'il continue à se payer ma tronche. Inutile, n'est-ce pas, d'envenimer les relations.

Je médite.

— Il y avait un train en partance au moment où vous l'avez amené?

Il hésite.

— Attendez, c'était deux heures environ? Heu... tiens, non!

C'est bien ce que je pensais... Le gars, en prenant un taxi, savait qu'il risquait d'être repéré... Il s'est fait conduire à la gare pour donner le change, mais il n'a pas quitté la ville...

— Bon, merci...

Je pénètre dans l'édifice. Des porteurs se préparent à gagner les quais où des trains

vont bientôt se ranger. Je m'approche de
l'un d'eux.

— Dites-moi, mon brave...

— Monsieur?

— Vous étiez là, sur le coup de deux
heures?

— Non, pourquoi?...

— Je voudrais savoir si l'on a vu un ami à
moi à ce moment-là : un grand, costaud, avec
un imperméable et un chapeau rond?

— Il avait une moustache?

— C'est ça...

— Je vois... J'étais à la brasserie avec des
amis, à côté... On buvait une bière. Entre les
trains, n'est-ce pas?...

Encore un type qui a besoin de se raconter. C'est ça le vrai péché originel. Les
hommes, faut toujours qu'ils construisent un
roman avec leur aimable existence. Ils ont la
certitude qu'elle est passionnante. Ils ne
comprennent pas qu'ils font tartir tout le
monde et que ceux qui les écoutent se
préparent tout simplement à raconter la leur.

L'histoire d'un homme, vous parlez d'une
chanson de gestes! Une femme, un chef, un
percepteur auxquels on se soumet! Des
gosses qu'on gifle! Une vérole qu'on soigne!
Des larmes qu'on essuie et puis, pour que
tout ça fasse vraiment un roman : des verres
de vin, de bière ou de gnole...

Je le laisse se vider. D'accord il est porteur, et du temps qu'il est, il trimbale sa médiocrité. Il me dit les copains, les trains, sa bière, son œil exercé...

Il me dit aussi qu'il a vu mon zèbre descendre du taxi, entrer dans la gare et en ressortir un peu plus tard... Il avait toujours ses valoches en pogne... Une bagnole l'attendait au coin de la rue : une grosse amerlock verdâtre... C'est tout. Mais ça en dit long...

Le porteur me remercie pour le flouze que je lui atrique. A ce train (de marchandises) je vais me ruiner !

Je ressors de la gare sans être bien avancé. J'ai peut-être eu tort de me gonfler la théière tout à l'heure. D'accord je suis chaud, en forme et mes cellules grises distillent de l'électricité d'appellation contrôlée, mais je dois bien avouer que pour la minute l'affaire me glisse un peu des salsifis.

Je suis sur le signe du zéro, ou même dessous.

Les heures s'écoulent et je ne parviens pas à coordonner les morceaux d'éléments.

D'avoir parlé de bière m'a donné soif. Je m'installe dans un de ces cafés luisants d'encaustique et confortables qui font le charme de la chère Belgique. Je commande un demi et je rêvasse. J'ai de quoi appuyer ma méditation, non ?

Diamants, fruits confits... Montre, photo...
Tout est « truffé » dans cette histoire. Les
fruits sont truffés aux diams; la montre
truffée à la photo; la cage d'ascenseur truffée
au cadavre; la mère Van Boren est truffée
par son barbiquet et ma prose est truffée de
bons mots! De quoi dépaver le boulevard
Haussmann pour se taper le derrière par
terre sans se l'abîmer!

Je compulse mon petit carnuche. Je lis:
Georges Ribens, 186, avenue Léopold-Ier.

Si j'allais lui demander l'heure, à ce
chérubin? Après tout il a peut-être propulsé
Van Boren dans les profondeurs avec son
petit air de ne pas toucher au cadavre?

De toute façon je n'ai rien d'autre de
prépondérant à faire. Ça c'est kif-kif la
pêche. C'est dans les coins inattendus qu'on
réussit les plus bath fritures.

Alors en route! A moi Léopold-Ier, le king
à la barbouze en éventail!

Il pioge dans un immeuble chouïa, le
bouillaveur de la petite Van Boren. Un
immeuble entièrement neuf qui scintille dans
le soleil à cause du granité de ses pierres.

La cerbère me dit que M. Ribens habite le
troisième à droite. J'en profite discrètement
pour lui demander s'il vit seul et elle répond
par l'affirmative.

Je monte. Un monsieur monte!

Nobody! J'ai beau jouer la Marche Turque sur sa sonnette, il ne m'ouvre pas : probable qu'il est au turbin? Au fait, quelle profession pratique-t-il, ce jeune amateur de dame seule?

Machinalement je tire mon petit Sésame (l'ouvreboîte universel) et j'ouvre la porte. Quand je dis machinalement je vous jure que c'est vrai. On fait des trucs, comme ça, sans y penser...

Je pénètre dans un studio moderne, avec grandes baies, stores californiens et tout. Pas de Ribens! L'appartement est propre, pas mal tenu du tout pour un célibataire. Je commence à fouinasser partout dans le vague espoir de découvrir quelque chose d'intéressant, mais il n'y a rigoureusement rien. L'armoire moderne renferme des costards, du linge, des targettes vernies ou en daim, rien d'autre... Je poursuis ma perquise, avec une bonne volonté et une foi inébranlable mais sans résultats. Les reproductions de tableaux de maîtres (Picasso principalement — c'est ce qui va le mieux avec le chêne cérusé) ne cachent aucun coffre mural. Le matelas repose directement sur un sommier... Rien non plus sur et sous les meubles... Rien dans la potiche moderne. Rien dans les poches des fringues... Rien! Rien!

Le zéro et l'infini! C'est moi le zéro et ma déconvenue c'est l'infini...

Je suis bredouille. Je sais pourtant faire une descente. J'ai le nez assez gros pour renifler rapidos l'insolite et pour découvrir ce qu'il dissimule. Ici il n'y a rien d'insolite. Et rien n'est dissimulé.

Des raquettes fixées aux murs m'indiquent que Ribens marche sur les traces de M. Chaban-Delmas. Des romans policiers que je feuillette un par un me prouvent que mes éditeurs ont un service de diffusion à la hauteur. Des bouteilles de whisky posées sur une tablette indiquent que Ribens a le gosier en pente. C'est du chouette, donc il a les moyens. Je cramponne un flacon et je m'octroie quelques centilitres de raide.

L'effet produit est instantané. D'un seul coup d'un seul tout devient radieux, facile, émouvant, bon à vivre...

Je m'allonge sur le divan du zig afin de reprendre mes esprits. Je suis allé un peu fort, quand on boit au goulot on ne se rend pas compte de la quantité absorbée. Surtout que j'ai une descente dangereuse, faudra qu'un de ces quatre Michelin m'offre un panneau de signalisation.

Je ferme les coquilles et je me laisse bercer par la brise qui a soufflé d'Écosse (c'était du Scotch...). Le flottement dure peu. Je ne suis pas le gars qui se laisse étourdir par un sourire de vamp ou un verre à vin de rye.

Je me remets debout et je tends la main vers une jolie boîte en roseau posée sur le montant du cosy. Elle contient des fruits confits...

J'en puise un prompto et je le croque : pas de diams, ce serait trop beau...

Tout de même la coïncidence est curieuse? Des fruits confits! Pourquoi s'offre-t-il des chatteries, Ribens?

J'en prends un autre et je l'étudie : c'est une prune. J'aperçois alors une légère incision sur son flanc. Le sucre la dissimule. Les autres aussi comportent une petite fente. Quand je les ouvre je devine encore en leur milieu la place d'un noyau. Mais je me doute de quel noyau de prix il s'agissait.

Là, je brûle. Je brûle même tellement que je vais faire roussir mon grimpant.

Ma conscience professionnelle proverbiale me pousse à examiner chacun des fruits (peu nombreux du reste) que contient la boîte. Tous ont servi de réceptacle à un diam.

J'en boulotte plusieurs et je découvre que j'aime ça...

Notez que c'est un peu écœurant, comme tout ce qui est trop sucré. Les femmes aussi vous font cet effet lorsqu'elles vous charment trop longtemps.

Je remets la boîte en place et je m'apprête à mettre les adjas lorsque je perçois comme un frôlement à la lourde.

Voilà mon brave Ribens qui radine. Je m'en réjouis car j'aimerais lui demander l'adresse de son confiseur.

Pour lui colloquer une belle trouille vert-pomme je prends mon feu. Sa surprise sera plus complète. Et notez qu'un feu fait plus habillé.

La clé titille la serrure. Puis elle en sort et une autre travaille la clenche.

Je dresse l'oreille. Tiens! j'ai peut-être bien fait d'attraper mon feu!

CHAPITRE VIII

O LA! LA!

Oui, j'ai bien fait... Parce qu'enfin, vous avouerez qu'un gars qui rentre chez lui n'a pas besoin d'essayer plusieurs clés, à moins qu'il ne soit blindé à mort...

A pas de loup je me lève et je vais me placer juste derrière la lourde du studio. J'aime bien faire « coucou » dans le dos d'un mec. Ça vous donne l'avantage considérable de le piquer à la surprenante... Et puis comme ça, s'il a le hoquet ça le lui coupe.

La porte d'entrée s'ouvre enfin. J'entends un glissement, la lourde se referme, un pas furtif se hasarde dans les parages. Quelqu'un pénètre dans le studio et je vois un dos large sous un imperméable mastic. Un chapeau rond couronne cet édifice de bidoche. Le gars que j'ai tant cherché au cours de cet après-midi vient à moi, guidé par son destin.

J'en ai des frissons d'aise dans l'échine.

L'arrivant examine le studio avec circonspection, comme je l'ai fait tout à l'heure. Il

est ici avec la même intention que moi.
Seulement lui sait ce qu'il cherche... Et moi
aussi je le sais... maintenant! Il veut les
diams. Il ne les a pas trouvés dans les colis de
Van Boren... Alors...

Oui, alors il vient chez l'amant de sa
femme. Drôle d'idée? Je ne pige pas le lien
qui unissait le voltigeur de l'ascenseur au
freluquet maison... Excepté celui de l'adultère, évidemment.

Doit-on conclure que Van Boren était en
cheville avec le jeune gandin qui distrayait
sa bergère? Les belles familles.

En ce cas Ribens pourrait bien avoir mis
fin à l'activité du cocu... Mais c'est pas le
moment de poser des probloques car je n'ai
pas le temps de les résoudre...

— Vous avez perdu quelque chose? je
demande d'un ton cordial à l'arrivant.

Exactement comme lorsque vous vous
asseyez sur un câble à haute tension! Il a un
sursaut et se retourne. Le gars de l'hôtel
avait raison : il a un regard étrange, ce type.
Figurez-vous que ses carreaux sont sombres
au centre et auréolés d'un cerne bleuâtre. Il a
le regard bicolore, ce qui incommode lorsqu'on le fixe. Sa bouche mince est en effet
surmontée d'une moustache blonde.

Il voit tout de suite mon pétard, puis son
étrange regard se pose sur moi.

— Qui êtes-vous? demande-t-il d'une voix tranchante, un peu gutturale.

— Voilà précisément la question que je me proposais de vous poser, mon cher monsieur...

Un mince sourire ne parvient pas à égayer cette face vaguement cruelle.

— Je suis un ami de Ribens, dit-il...

— Sans blague?

— La preuve, voici ses clés...

— Et vous venez chercher quoi? je demande...

— Mettons que ça me regarde.

Je pâlis sans doute et mon nez se pince, je le sens. Je n'aime pas les gars qui font les avantageux lorsque je tiens une seringue braquée contre eux.

Je lui fais part de mon ressentiment.

— Quand on tient un pétard comme celui-ci, on a droit à d'autres réponses, lui fais-je.

— Vous croyez?

— J'en suis éperdument certain.

— Et qui vous autorise à poser des questions?

— Le même instrument qui me permet d'espérer des réponses.

Je lève un peu plus le feu.

— Vous voyez, dis-je, il est noir, c'est signe de deuil. A votre place, je répondrais gentiment.

— Vous n'êtes pas à ma place!

— Heureusement, car je ne me sentirais pas très confiant en l'avenir...

— Vous êtes pessimiste de nature?

— Non, mais je me connais : alors, me connaissant, je sais quel devrait être l'état d'âme des gens auxquels je m'intéresse. N'est-ce pas?

— N'est-ce pas! réplique-t-il sur un ton d'évidence.

— Vous étiez aussi un ami de Van Boren? je questionne.

Il se rembrunit très légèrement et le cercle clair de son œil s'élargit.

— Je ne sais pas de qui vous parlez...

— Vous faites de l'amnésie?

— C'est-à-dire?

Il attend, le mec. C'est un prudent. Il doit toujours regarder où il pose ses lattes avant de jacter.

— C'est-à-dire que, de même que vous vous introduisez dans l'appartement de Ribens, vous avez pénétré dans la chambre de Van Boren et avez embarqué ses bagages. Votre *ami* Jef avait à ce point le culte de l'amitié qu'il a réussi à passer un coup de fil à l'hôtel pour annoncer votre venue... Et pourtant, pourtant, cher monsieur, il était mort comme un ragoût de mouton à ce moment-là...

Je commence à cheminer dans son intellect. Le gnace aux yeux bicolores se dit que j'en sais rudement long sur son compte. Ça le trouble malgré sa belle apparence. En tout cas c'est un courageux. On voit ça sur sa figure. Il ne doit pas avoir peur des mouches et pas beaucoup non plus des machins comme celui que je brandis...

— Alors? demande-t-il...

— Alors, fais-je... Vous avez fouillé les bagages de Van Boren. Mais vous n'avez pas trouvé ce que vous cherchiez... Et moi je sais ce que vous cherchiez... Et je sais où ça se trouve.

Du coup je l'intéresse passionnément.

— Ah oui?

— Oui...

Un silence sucré s'établit entre nous, coupé — si peu — par la voix de Mlle Hardy qui bêle quelque part dans l'immeuble.

Il devient d'une gravité presque solennelle.

— Qui êtes-vous? demande-t-il à nouveau.

J'essaie de l'éblouir par une tirade philosophique.

— Sait-on jamais qui on est? Sommes-nous bien sûrs d'être?

Après ça venez pas me traiter de béotien ou je vous colle un taquet au bouc.

Il fait la moue.

— Je pensais que nous aurions des choses

moins littéraires mais plus profitables à nous dire.

Il saute à pieds joints d'un sujet à un autre.

— Si vous savez où « ça » se trouve, que faites-vous ici?

— Ribens n'a pas qu'un ami...

Là il s'emporte.

— Écoutez, fait-il, je vous trouve terriblement agaçant. J'ai horreur de perdre mon temps. Tuez-moi ou laissez-moi partir... A moins que vous ne préfériez que nous parlions sérieusement.

— C'est bon : parlons... Mais je prends le volant.

— D'accord.

— Quelle était votre situation vis-à-vis de Van Boren?

Il hausse les épaules.

— Voilà que vous recommencez à perdre votre temps.

— C'est votre avis, pas le mien!

— On perd toujours du temps lorsque l'on épilogue. Le passé est une chose morte... La question qui se pose est celle-ci : puisque vous prétendez avoir le... l'objet, êtes-vous disposé à me le céder? Si oui, à combien? Tout le reste n'est que littérature...

Je n'ai jamais vu un type aussi duraille à manœuvrer. Bien qu'ayant le dessous, il

e que les gens de la boxe appellent un
ebout!

herche à m'agripper à quelque chose
de, de fixe, mais tout danse autour de
es tables, les dossiers de chaise s'éloi-
Comme au travers d'une vitre dépolie
s mon agresseur. Ses yeux fixes me
t la tête... On dirait deux canons de
t. Il est toujours calme, impeccable...
lérouille avec méthode et je n'ai même
force de lui donner la réplique. Je me
avé, fini... Bon pour la poubelle!
udez-moi avec les ordures, la voirie
nènera promener.

r la première fois je suis abattu par un
m'a pris à la surprenante, certes, mais
! Il s'est fait faire une transfusion par
tier, ce gnace, et il a été élevé avec
n!

oilà bien le vrai champion d'Europe!
roisième coup m'arrive dessus, calculé,
on pour l'expédition. Je le vois venir
e parviens pas à le parer.

t comme si ma tête tout entière sautait
e mine.

s baisers, je vous écrirai...

contrôle encore la situation. Chapeau, c'est
du mec fortiche! S'il fait des petits, faudra
qu'il m'en réserve un.

Je jouerais bien franc jeu, mais ça n'est
pas possible dans l'état actuel des choses. La
seule façon de procéder intelligemment, c'est
de le berlurer à fond. Pour ça je préfère lui
laisser entendre que j'ai les cailloux (hibou,
joujou, pou, chou, genou prennent un X au
pluriel...).

Je prends un air faux-cul comme les gars
qui jouent au plus fin dans les pièces de
l'ancien Odéon.

— Vous me proposez combien?

— Je ne peux rien vous proposer, dit-il...
Je n'ai pas qualité pour le faire... Il faut que
je demande avis en haut lieu. Si vous me
donniez un aperçu de vos aspirations les
choses iraient plus vite...

— Dix millions...

— De marks?

Tiens! Voilà qui m'oriente dans une nouvelle direction. Il s'aperçoit de ma surprise et
s'empresse d'ajouter :

— Ou de francs belges?

— On est disposé à lâcher tant que ça?

— Je n'en sais rien... Mais... avez-vous au
moins l'objet?

— Croyez-vous que je vous ferais perdre
votre temps?

Comme aplomb, c'est corsé, non? Si vous m'entendiez mentir vous me prendriez pour un ministre des Affaires étrangères tant il y a de force et de vérité dans mon personnage.

— J'espère que non, dit-il.

— A la bonne heure... Quand aurez-vous la réponse?

— Il faut que je téléphone, mettons d'ici une heure.

— Et l'argent?

— D'ici demain... A la rigueur dans la soirée, mais je n'ose pas vous promettre, il faut le temps de l'amener...

Sans blague, les mecs, je n'ai jamais trouvé un homme aussi calme, aussi maître de soi. Il est là, debout, aisé sous la menace de mon feu qu'il paraît avoir oublié, le regard plus inquiétant que jamais...

Nous passons un marché tout comme s'il s'agissait de lacets ou de pâtes alimentaires...

Il s'assure de la perfection de son nœud de cravate, puis, toujours très calme, me demande :

— Où nous retrouvons-nous?

Je le regarde. Il a l'air sérieux, le mec. Sans charre, il négocie les diams avec bibi d'une façon nonchalante.

— Prévenez-moi à mon hôtel dès que vous aurez du nouveau...

— Quel hôtel?

— Les Tropiques...

Il sourcille.

— Le même que Van B[...]
ment j'aurais dû m'en dout[...]

Pour la première fois i[...]
homme qui évolue sous la [...]

— Je peux partir, oui?

— Oui...

Il tourne les talons [...]
moment de franchir la por[...]

Moi, comme un super-[...]
enfouillé ma pétoire. Je n'[...]
ressortir. Le temps de réal[...]
mahousse paquet de cartil[...]
J'en vois trente-six souc[...]
volantes les unes que les [...]
en arrière avec le carillo[...]
Abbey à la place du citr[...]
me mets en garde, mais je [...]
le sens des réalités et r[...]
beaucoup plus basse que [...]
car un deuxième paque[...]
portrait. Un solide! Il ne [...]
gymnastique matinale, l[...]
comprends ma douleur. [...]
est tombé, ce direct, pas [...]
cas...

Je ne perds pas cons[...]
déjà dans une espèce de [...]
a de plus en plus ten[...]

CHAPITRE IX

O MA CICATRICE!

Un coup fourré pareil, rappelez-vous que je le raconterai pas dans *Sélection* (le monde vu sur 18 centimètres de long par 13 et demi de large) parce qu'alors je me ferais mettre en boîte comme une morue à dessaler!

Moi le cogneur, le fracasseur de mandibules, l'assommeur de gros crânes, le dérouilleur de truands, l'as des as, l'homme qui a de la dynamite dans les pognes, me laisser repasser par un tordu à la petite semaine, alors non! J'en suis plus.

Ma rage est telle lorsque je reviens du cirage que je tremblote sur mes cannes comme trois kilos de gelée de groseille qui seraient montés sur la plate-forme d'un tramway de province.

Je bous... Je frémis, je grelotte, je claque des chailles... Ma pogne est enflée. J'ai une ratiche qui joue la valse dans l'ombre et le raisin bat à mes tempes... Un brin de fièvre m'enflamme les pommettes.

O cette décoction! O ma douleur!

Je me relève en titubant avec, par-dessus tous ces maux, la déprimante impression que je vais m'écrouler comme un robot déboulonné.

Je constate alors que les doublures de mes profondes pendent comme des peaux de lapins retournées. Le mec au chapeau rond m'a consciencieusement fouillé. Si vous voyiez mon bath costar! Il est littéralement haché, cisaillé. Avec ça sur le râble j'ai l'air de partir à un bal masqué, déguisé en mendiant. Pas un centimètre carré qui n'ait été (appréciez ce subjonctif impec, les gars!) examiné. Mon portefeuille gît sur le plancher, éventré, disloqué... Mes fafs sont étalés à travers la pièce. Le mec est allé jusqu'à décoller la photo qui orne (je dis orne car ma gueule embellit tout ce qu'elle gratifie de sa présence) ma carte d'identité. Ce détail me précipite dans un abîme de réflexions. Je me dis que ce ne sont peut-être pas les diams que recherchait l'homme au galure rond. De toute évidence il ne pensait pas les découvrir sous une photo d'identité?

Alors?

Alors je pense au petit cliché qui se trouvait dans la montrouze de Van Boren et je me dis (ou plutôt mon petit doigt me dit) que ce minuscule morceau de papelard glacé contrôle encore la situation. Chapeau, c'est du mec fortiche! S'il fait des petits, faudra qu'il m'en réserve un.

Je jouerais bien franc jeu, mais ça n'est pas possible dans l'état actuel des choses. La seule façon de procéder intelligemment, c'est de le berlurer à fond. Pour ça je préfère lui laisser entendre que j'ai les cailloux (hibou, joujou, pou, chou, genou prennent un X au pluriel...).

Je prends un air faux-cul comme les gars qui jouent au plus fin dans les pièces de l'ancien Odéon.

— Vous me proposez combien?

— Je ne peux rien vous proposer, dit-il... Je n'ai pas qualité pour le faire... Il faut que je demande avis en haut lieu. Si vous me donniez un aperçu de vos aspirations les choses iraient plus vite...

— Dix millions...

— De marks?

Tiens! Voilà qui m'oriente dans une nouvelle direction. Il s'aperçoit de ma surprise et s'empresse d'ajouter :

— Ou de francs belges?

— On est disposé à lâcher tant que ça?

— Je n'en sais rien... Mais... avez-vous au moins l'objet?

— Croyez-vous que je vous ferais perdre votre temps?

Comme aplomb, c'est corsé, non? Si vous m'entendiez mentir vous me prendriez pour un ministre des Affaires étrangères tant il y a de force et de vérité dans mon personnage.

— J'espère que non, dit-il.

— A la bonne heure... Quand aurez-vous la réponse?

— Il faut que je téléphone, mettons d'ici une heure.

— Et l'argent?

— D'ici demain... A la rigueur dans la soirée, mais je n'ose pas vous promettre, il faut le temps de l'amener...

Sans blague, les mecs, je n'ai jamais trouvé un homme aussi calme, aussi maître de soi. Il est là, debout, aisé sous la menace de mon feu qu'il paraît avoir oublié, le regard plus inquiétant que jamais...

Nous passons un marché tout comme s'il s'agissait de lacets ou de pâtes alimentaires...

Il s'assure de la perfection de son nœud de cravate, puis, toujours très calme, me demande :

— Où nous retrouvons-nous?

Je le regarde. Il a l'air sérieux, le mec. Sans charre, il négocie les diams avec bibi d'une façon nonchalante.

— Prévenez-moi à mon hôtel dès que vous aurez du nouveau...

— Quel hôtel?

— Les Tropiques...

Il sourcille.

— Le même que Van Boren? Oui, évidemment j'aurais dû m'en douter...

Pour la première fois il se comporte en homme qui évolue sous la menace d'un feu.

— Je peux partir, oui?

— Oui...

Il tourne les talons et s'éloigne. Au moment de franchir la porte il s'arrête.

Moi, comme un super-cornichon, j'ai déjà enfouillé ma pétoire. Je n'ai pas le loisir de la ressortir. Le temps de réaliser et je prends un mahousse paquet de cartilages à la mâchoire. J'en vois trente-six soucoupes, toutes plus volantes les unes que les autres. Je bascule en arrière avec le carillon de Westminster Abbey à la place du citron. Je m'ébroue et me mets en garde, mais je n'ai plus beaucoup le sens des réalités et ma garde doit être beaucoup plus basse que je ne le supposais car un deuxième paquet me passe dans le portrait. Un solide! Il ne doit pas louper sa gymnastique matinale, le frère! O là là! Je comprends ma douleur. Je ne sais pas où il est tombé, ce direct, pas loin du pif en tout cas...

Je ne perds pas conscience mais je suis déjà dans une espèce de brouillard mauve qui a de plus en plus tendance à s'obscurcir.

C'est ce que les gens de la boxe appellent un
k.-o. debout!

Je cherche à m'agripper à quelque chose
de solide, de fixe, mais tout danse autour de
moi. Les tables, les dossiers de chaise s'éloi-
gnent. Comme au travers d'une vitre dépolie
je vois mon agresseur. Ses yeux fixes me
trouent la tête... On dirait deux canons de
pistolet. Il est toujours calme, impeccable...
Il me dérouille avec méthode et je n'ai même
pas la force de lui donner la réplique. Je me
sens lavé, fini... Bon pour la poubelle!
Descendez-moi avec les ordures, la voirie
m'emmènera promener.

Pour la première fois je suis abattu par un
zig qui m'a pris à la surprenante, certes, mais
de face! Il s'est fait faire une transfusion par
Carpentier, ce gnace, et il a été élevé avec
Cerdan!

Le voilà bien le vrai champion d'Europe!

Un troisième coup m'arrive dessus, calculé,
visé, bon pour l'expédition. Je le vois venir
et je ne parviens pas à le parer.

C'est comme si ma tête tout entière sautait
sur une mine.

Bons baisers, je vous écrirai...

O MA CICATRICE!

Un coup fourré pareil, rappelez-vous que je le raconterai pas dans *Sélection* (le monde vu sur 18 centimètres de long par 13 et demi de large) parce qu'alors je me ferais mettre en boîte comme une morue à dessaler!

Moi le cogneur, le fracasseur de mandibules, l'assommeur de gros crânes, le dérouilleur de truands, l'as des as, l'homme qui a de la dynamite dans les pognes, me laisser repasser par un tordu à la petite semaine, alors non! J'en suis plus.

Ma rage est telle lorsque je reviens du cirage que je tremblote sur mes cannes comme trois kilos de gelée de groseille qui seraient montés sur la plate-forme d'un tramway de province.

Je bous... Je frémis, je grelotte, je claque des chailles... Ma pogne est enflée. J'ai une ratiche qui joue la valse dans l'ombre et le raisin bat à mes tempes... Un brin de fièvre m'enflamme les pommettes.

O cette décoction! O ma douleur!

Je me relève en titubant avec, par-dessus tous ces maux, la déprimante impression que je vais m'écrouler comme un robot déboulonné.

Je constate alors que les doublures de mes profondes pendent comme des peaux de lapins retournées. Le mec au chapeau rond m'a consciencieusement fouillé. Si vous voyiez mon bath costar! Il est littéralement haché, cisaillé. Avec ça sur le râble j'ai l'air de partir à un bal masqué, déguisé en mendiant. Pas un centimètre carré qui n'ait été (appréciez ce subjonctif impec, les gars!) examiné. Mon portefeuille gît sur le plancher, éventré, disloqué... Mes fafs sont étalés à travers la pièce. Le mec est allé jusqu'à décoller la photo qui orne (je dis orne car ma gueule embellit tout ce qu'elle gratifie de sa présence) ma carte d'identité. Ce détail me précipite dans un abîme de réflexions. Je me dis que ce ne sont peut-être pas les diams que recherchait l'homme au galure rond. De toute évidence il ne pensait pas les découvrir sous une photo d'identité?

Alors?

Alors je pense au petit cliché qui se trouvait dans la montrouze de Van Boren et je me dis (ou plutôt mon petit doigt me dit) que ce minuscule morceau de papelard glacé représente une valeur insoupçonnable pour qui n'est pas dans le coup! C'est mon renifleur qui sent ça. Et quand il sent quelque chose vous pouvez parier la main de votre petite sœur contre une boîte de suppositoires d'occasion qu'il ne se goure pas.

En ce cas une nouvelle question surgit, à laquelle je ne puis répondre, du moins pour l'instant : existe-t-il vraiment un lien entre la mystérieuse photographie et les diamants?

That is the question! comme dirait Winston Churchill qui parle couramment l'anglais.

En attendant j'en suis pour ma dent branlante et mon complet mutilé. Des fringues que j'avais douillées cinquante et quelques tickets chez Albo, de l'italien à rayures, si vous voyez ce que je veux dire? Et neuves par-dessus le marché! Non; je vous promets, y a qu'à moi que ça arrive, des coups pareils.

Le Vieux avait raison : j'aurais dû rentrer chez moi. On n'a jamais intérêt à se fourrer dans les combines des autres. C'est mauvais pour la santé. Conclusion, en rappliquant à Paname je vais m'offrir une flopée de séances chez mon dentiste. Et moi, la roulette, je n'aime la pratiquer qu'à Monte-Carlo...

Pour me colmater cette voie d'eau dans l'optimisme, je dis deux mots à la bouteille de whisky de ce brave Ribens...

En voilà un qui ne doit pas se douter à cette heure que son appartement est devenu la succursale de la salle Oquinarenne.

L'alcool me ravigote. C'est instantané. Je veux bien qu'il tue l'homme, mais j'aime autant mourir de ça que de la bombe H. Au moins ça fait du bien par où ça passe.

Je consulte ma breloque. Elle ne marque plus the clok (comme dirait la reine d'Angleterre qui parle également l'anglais) car cette ordure de gnace aux chasses bicolores lui a mis les tripes (c'est-à-dire les rouages) au soleil.

De plus en plus j'ai la preuve probante qu'il cherchait la minuscule photo... Il l'a cherchée parce que j'ai fait la choserie de lui dire que je savais où elle se trouvait et de la négocier... De là à conclure que je l'avais sur moi...

Ça m'apprendra à jouer les gros bras... J'ai voulu le bluffer et total c'est la frite à San-Antonio qui a dégusté.

Je rampe jusqu'à une glace. Pas beau à reluquer, le frangin! Mes gnons commencent à virer au violet. Il y a même des reflets dorés comme sur les ailes des mouches à chose. Je ressemble à un quartier de bidoche oublié en plein Sahara.

Soudain je m'arrête, vexé. Le gars a dû lire sur mes fafs que j'étais un poulaga, et pourtant il m'a fouillé. Il m'a cru capable de planquer quelque chose de précieux!

Il est vrai qu'on venait de traiter un marché; comme je le laissais se tailler il m'a cru marron. Flic marron! Moi, San-Antonio! Le roi de l'honnêteté! Le saint Joseph des scrupules! Ah! vraiment j'en ai mal aux seins!

Je mets le maximum d'ordre dans ma tenue et je me prends par la main afin de m'emmener gambader. Un peu d'air frais me fera du bien. L'horloge de ville la plus proche égrène (Vilmorin) six coups... J'ai peut-être tort de calter avant d'avoir eu l'explication qui s'impose avec Ribens... Mais tant pis, je le repiquerai très prochainement... Faut-il que je me rebecte avant de poursuivre cette enquête.

Je vais avoir besoin de récupérer pour retrouver au virage mon adversaire. Car je veux avoir ma revanche. Et je vous fous mon billet que lorsque cet instant sera venu vous pourrez prévenir les téléspectateurs qu'il va y avoir du gros plan sur leurs écrans. Il m'aura pas deux fois, le Carpentier à l'imper! Quand je pense qu'il n'a même pas posé son bitos pour me dérouiller. Quelle classe! Je vois encore son direct du gauche m'arriver sur la portion! Et je le sens...

Il a une manière de se rappeler au bon souvenir de ses contemporains, ce mec-là!

Le soleil commence à devenir pâlichon lorsque je débouche hors de l'immeuble. Je respire profondément l'air tendre de ce début de crépuscule... Ouf! Cette rouste m'a brisé les nerfs comme si j'avais pris un bain trop chaud. Je marche avec difficulté et tous les passants se détranchent pour me zieuter, kif-kif si j'étais une super-vedette de l'écran...

Mme Boitalolo n'a pas plus de succès quand elle va prendre le five o'clock chez son ami Zabeth...

Comme je ne suis pas mégalomane, je me propulse rapide dans un bahut en bramant le nom de mon hôtel à tous les échos.

Le portier bée d'hébétude en me voyant rappliquer ainsi nippé.

Il bredouille sans s'en rendre compte une chanson à la mode.

— Mais qu'est, mais qu'est-ce?...

Je fais un louable effort pour lui sourire...

— Vous affolez pas, je lui dis. On s'est amusé à la Banque de France avec un copain et c'est moi qui faisais l'encaisseur...

L'autre tordu de la réception est plus siphonné encore que le piétineur d'asphalte.

— Vous avez eu un accident? demande-t-il.

— Oui, je suis tombé sur un os.

Je chope la clé et je grimpe à ma piaule.
En un tournemain je suis à poil sous la
douche et je me sens revivre sous le jet glacé.

Il y a des moments où le plus obstiné
videur de litron trouve que la flotte est une
belle invention. H2 O! C'était simple mais
fallait y penser... Ah! ils peuvent s'annoncer
les savants... J'en connais un qui leur fait la
pige. Créer l'eau à un moment où la pénicil-
line et la cocotte-minute n'étaient pas inven-
tées! Vous me direz pas que c'est pas du
boulot de classe?

Après un bon quart de plombe de douche
intense je me sens mieux. Je m'étends sur
mon lit, à poil toujours, tant pis pour les
voyeurs qui se déplacent toujours avec une
percerette dans la poche de leur futal! Et
aussi sec je m'endors.

Ce qui me réveille ce sont deux zigs dans la
chambre précédemment occupée par Van
Boren. Un homme et une femme qui se
prouvent leur sympathie en termes excessifs!
La chanson du sommier! Vous parlez d'un
bath refrain...

La môme pousse des cris d'orfèvre et je me
dis dans ma Ford intérieure qu'après toutes
ces émotions je m'en passerais bien une aussi
à la casserole...

Je vais déboucher le trohu qui, le matin
même m'a permis de plonger mon regard sur

l'une des plus mystérieuses affaires de ma carrière, et je vois les sparring-partners en action. Du très bon travail. L'homme peut aspirer à passer pro d'ici peu. Si le Red Star avait des hommes comme ça il ne ferait jamais de descente en Deuxième Division, je vous le dis!

Il en connaît un bout, le Casanova! Un très beau bout même. Comme quoi on peut être Belge et appliquer la méthode française. Il lui fait le coup du parapluie retourné (que bien peu connaissent...). Il continue par Monte-là-dessus et il va passer à Papa, Maman, la Bonne et Moi lorsque je m'arrache à ce spectacle d'un intérêt cuisant.

Les histoires des autres, ce ne sont pas mes oignons, si j'ose ainsi librement m'exprimer... Je téléphone pour demander l'heure et une voix embourbée dans du sommeil me dit qu'il est onze heures dix... Je viens de m'offrir une belle partie de ronflette. Je me sens en forme. Je gagne le lavabo pour brosser mes chailles et baigner encore mon pauvre portrait de famille. Ma bouille n'a pas changé de volume depuis l'après-midi. Elle comporte toujours deux ou trois protubérances aux couleurs peu appétissantes. Enfin, tant pis... D'ici quelques jours il n'y paraîtra plus.

Comme je n'ai absolument plus sommeil je

m'habille de frais et je sors... Y a deux gars
dans le couloir qui écoutent les amoureux du
26; deux petits vieux bien entendu, à qui ces
ébats rappellent une folle jeunesse à jamais
disparue.

La môme atteint un paroxysme et appelle
un certain Riri qui, je l'espère, n'est autre
que son partenaire. Enfin je l'espère pour lui
car rien n'est plus exécrable que d'entendre
une polka brailler un autre prénom que le
vôtre dans ces moments-là! Ça jette un froid.

Il n'y a plus beaucoup de trèpe *in the
streets* (comme dirait notre ministre des
Affaires étrangères qui ne parle sûrement pas
l'anglais). Les Liégeois sont au dodo pour la
plupart, sauf quelques-uns qui jouent aux
brèmes dans des cafés en se gavant de bière.

J'entre dans une brasserie afin de tortorer
un steak. J'ai une faim de cannibale. La
tranche d'animal mort consommée, je me
sens bien, vraiment bien... C'est à peine si la
figure me cuit un peu...

Je sors en même temps que les spectateurs
des cinémas d'alentour. Ça met un peu
d'animation, mais c'est passager... Comme je
n'ai nulle envie de retourner au plume, du
reste mes voisins de chambre doivent
remettre le couvert à chaque instant, je
déambule dans les rues désertes.

C'est la nuit qu'on apprécie ou qu'on

déteste vraiment une ville étrangère. Je
découvre avec un rien d'étonnement que je
me suis pris pour Liège d'une sérieuse amitié... C'est une bath ville, harmonieuse et
aérée...

Mon pas régulier crée un rythme sédatif
dont mes idées bénéficient. Et soudain j'ai la
notion aiguë du temps inexorable qui
s'écoule dans le sablier de l'univers (vous
affolez pas, cette image est tombée depuis
longtemps dans le domaine public). Je me dis
que je dois mettre les adjas le lendemain
après-midi pour Paname et que je suis là à
dormir au lieu d'essayer quelque chose. Est-
ce que par hasard je toucherais à la décrépi-
tude mentale?

Pas de ça Lisette!

Il ne sera pas dit que le San-Antonio bien-
aimé joue les nonchalants qui passent, après
s'être fait administrer une infusion de coups
de poing!

Bon, qu'est-ce que je fais?

Tiens, je vais rendre une nouvelle visite à
Ribens... C'est une chouette idée, ça, on a
toujours intérêt à piquer les gens au débotté
quand on veut leur apprendre le papou en
vingt leçons sur disques souples!

CHAPITRE X

O SOLE MIO!

Je décide d'aller à pinces chez le gigolo de madame. Ça me fera faire un peu de foutinge ce qui, dans ma situation, est plutôt indiqué par le corps médical.

Maintenant je connais Liège comme si j'y avais vu le jour. Je déambule dans les artères silencieuses comme un bon bourgeois qui revient de sa partie de touche-pépite. J'espère cette fois-ci trouver le freluquet et avoir une explication sérieuse avec lui.

A un carrefour, j'avise une gentille pépée qui regagne son domicile d'une démarche onduleuse. Lorsqu'elle m'aperçoit, elle accentue les circonvolutions de son valseur.

C'est le genre de doudoune qui marche pour deux. Elle a le panier à changement de vitesse sur roulement à billes. Comme suspension c'est idéal... Je me rapproche d'elle parce que son déhanchement me porte à la peau; d'autant plus que la séance de voyeur de l'hôtel m'a énervé.

J'accentue mon allure et, comme elle freine la sienne, on finit par se trouver côte à côte.

— Alors, ma ravissante, je lui dis, vous n'avez pas peur, toute seule, la nuit?

Elle me regarde avec sympathie. C'est une gamine charmante, brune avec une mèche savamment décolorée et un air gentiment stupide sur la physionomie.

Elle roucoule :

— Oh! pas du tout!

— Vous avez raison, approuvé-je, qui donc chercherait à vous faire du mal. Bâtie comme vous l'êtes on pense plutôt à vous faire du bien.

Ça lui va droit au soutien-gorge. Ses roberts se mettent eux aussi à danser la langoureuse.

— D'où venez-vous, si tard, belle inconnue?

— Du cinéma...

— C'était bien?

— Je suis ouvreuse...

Le beau métier... Les voilà bien, les vraies filles de la nuit. Elles vivent avec une lampe électrique et zigzaguent dans l'obscurité tandis que les spectateurs polissons leur caressent nonchalamment les flûtes au passage.

En tout cas elle n'est pas farouche...

— Nous avons l'air d'aller du même côté, je remarque.

— Oui, admet la douce enfant.

— Où habitez-vous?

— Avenue Léopold-Ier...

— Marrant, j'y vais aussi...

— Moi je vais au 186, dit-elle.

— C'est pas vrai!

— Si, pourquoi?

— Parce que je me rends justement à cette adresse.

On s'exclame comme il se doit devant pareille coïncidence. Elle décrète que : la vie est marrante, que le hasard est grand, que le Bon Dieu fait bien les choses et que le monde est petit.

Je demeure confondu devant une telle pertinence.

— Si vous habitez au 186, je demande, vous devez connaître mon ami Ribens? C'est lui que je vais voir...

Elle hoche la calebasse d'un petit air gêné.

— Oui, je le connais très bien, on a été amis passé un temps.

Voyez-vous! Ce grand polichinelle s'est farci la gamine! Il m'a l'air drôlement équipé pour la bagatelle, Ribens... Les gonzesses doivent se succéder entre ses mancherons à un rythme accéléré.

— Il est gentil? je hasarde, ne voulant pas

la heurter par trop d'enthousiasme pour le
cas où il y aurait eu du grabuge entre eux
deux.

— Pff, fait-elle, c'est un gamin, il n'a pas
de suite dans les idées... Et puis il est
coureur...

— Comme c'est vilain!

Elle me zieute en biais et un sourire
égrillard lui plisse les babines.

— Vous devez l'être aussi, dit-elle.

— Ah! vous croyez?

— Pardine! Puisque vous êtes français!

— Comment savez-vous ça?

— Je vous entends parler...

Elle se tait un moment, nous faisons
quatre pas et demi et elle ajoute :

— J'aime bien les Français... j'ai eu beaucoup d'amis français...

En voilà une, plus je la regarde, plus je
suis persuadé qu'elle ne doit pas faire trop de
giries. C'est pas le genre de poupée à crier au
secours quand on lui parle de près.

Histoire de vérifier si mon estimation est
juste, je lui biche le bras. Loin de se dégager
elle presse son bras contre son flanc.

Je me serre un peu plus contre elle.

— Je parie que Ribens vous a fait la cour?
fais-je.

— Oh! il la fait à tout le monde...

— Il travaille?

— Il est stagiaire chez un avocat.

— Quelle genre de vie mène-t-il?

Elle ne pige pas très bien.

— Il a une maîtresse, affirme-t-elle. Une blonde qui vient souvent le voir...

Elle me décrit suffisamment bien la blonde en question pour que je puisse identifier Huguette Van Boren.

— Il ne reçoit pas d'autres visites?

— Oh! si : des filles, des camarades avec qui il fait la foirinette...

— Quel type! Vous n'avez jamais vu chez lui un grand bonhomme coiffé d'un chapeau rond et d'un imperméable? Il porte une moustache blonde hérissée et il a des yeux bizarres.

Elle hausse les épaules.

— Non!

— Vous êtes sûre?

— Oh, certaine... Vous pensez : nous habitons l'étage au-dessous...

— Nous?

— Mes parents et moi...

Obscurément je me renfrogne. Je la voyais sans parents à la cabane cette môme et, in petto, je faisais déjà des projets d'avenir immédiat avec elle...

— Ah! vous avez des parents chez vous? C'est dommage.

— Pourquoi?

— Pff, je m'étais dit que vous m'inviteriez à prendre un verre...

— Ben... ç'aurait été avec plaisir mais... vous comprenez?

— Bien sûr que je comprends! Vous pensez...

Je la saisis par la taille, elle est toujours consentante. Je sens sous ma pogne son gyroscope qui tournique et ça me court-circuite la moelle épinière et les centres nerveux.

Cette môme c'est pas du 120 volts, je vous le garantis. O pardon!

Nous nous arrêtons dans un coin d'ombre et je lui broute le mufle d'une bouche vorace. D'une seule lampée je lui nettoie son rouge baiser. Pour ce qui est de la valse des patineurs elle en connaît les principales figures. Elle a dù prendre des cours à son ciné : quand le héros chope la menteuse de sa partenaire elle ouvre grands les carreaux...

Nous sommes à deux pas de l'immeuble de Ribens. Elle sort une clé de sa poche, ouvre la lourde et entre la première. Je la suis et repousse la porte. Nous sommes dans le noir intégral.

On pourrait y développer des photos. Mais ce ne sont pas des photos que je développe! Avant qu'elle ait appuyé sur le commutateur de la minuterie je la chauffe par le bustier et

je me la plaque contre le mur... Belote et re-
patins!

Après une séance respiratoire pareille on
peut aller s'engager chez les pêcheurs
d'éponges!

Elle vibre comme une corde de violon
fortement pincée. Les ondes de son désir se
marient avec les miennes. Elles trinquent,
nos ondes! Et il n'y a pas de fading! Croyez-
moi, nous émettons sur la même longueur
elle et moi.

Et puis nous revenons à la réalité. Elle se
rajuste, comme on dit dans les romans de la
bonne société.

Le terme est délicat, c'est pourquoi je me
l'approprie; j'ai un faible pour la délicatesse!

La preuve? Vous ne me verrez jamais me
moucher dans les rideaux de votre salon ou
cracher mes noyaux de cerise dans le décol-
leté des dames.

Elle me plaît, cette souris, parce qu'elle y
va franco dans le champ de manœuvre. Elle
n'obéit qu'à son instinct. On n'a même pas
échangé nos blazes! Qu'importent les présen-
tations pourvu qu'on ait l'ivresse. Et de
l'ivresse on vient de s'en acheter à tempérament! De quoi rallumer le Vésuve!

Seulement, entre nous et un pot de géra-
niums, je peux vous avouer que ce genre de

poularde ne doit être consommé qu'une fois.
Ne vous amusez jamais à les sortir car vous
êtes finis! Elles vous mettent le grappin
dessus et ensuite vous l'emportez avec vous
pour vous tenir chaud l'hiver!

Vous êtes pareil au type qui mettait un
complet noir quand il conduisait sa voiture
blanche. Vous passez aussi inaperçu...

Dans l'ombre elle susurre :

— Ce fut merveilleux, chéri.

J'en avale ma salive de traviole. Me sortir
un passé simple à cet instant, vous ne me
direz pas que c'est du vice. Qui sait, peut-
être l'ai-je mal jugée, cette gosse d'amour?
J'ai sans doute affaire à une cérébrale.

Du tac au tac je lui renvoie la praline :

— Nous nous aimâmes follement, cher
ange, et vous me plongeâtes dans un bain de
félicité...

— On se reverra? demande-t-elle, déjà
avide...

Mentalement je fredonne le fameux canti-
que :

« Au ciel, au ciel, au ciel...
« J'irai la voir un jour...

On se reverra dans un autre monde, là où
les gonzes ne pensent plus à la guerre et où
les bergères oublient leur fignedé.

Dans ces conditions seulement j'accepterai de rambiner avec cette mitrailleuse ambulante.

— Un jour prochain, dis-je avec un rien de solennité.

A tâtons — si l'on peut dire — elle cherche ma bouche.

Aussi sec elle remettrait le couvert, la petite ouvreuse.

— Tu me plais, assure-t-elle, comme si je pouvais en douter après cette démonstration.

— Toi aussi, assuré-je. Nous sommes quittes. Allez, gosse, montons...

C'est crevant de vouloir « monter » après avoir sacrifié à Vénus.

— Tu es pressé de me quitter? demande-t-elle, la voix teintée de mélancolie.

— Au contraire, j'aimerais faire ma vie avec toi, seulement si nous nous attardons encore ici les voisins vont se ramener et on finira la nuit au ballon.

— Bon... Attends, je vais actionner le minutier.

Elle l'actionne, ce qui nous permet de constater que nous venons de nous aimer à cinquante centimètres du cadavre de Ribens.

CHAPITRE XI

O PARDON!

Ébloui par la brusque lumière retrouvée, je ne le vois pas tout de suite. C'est le visage pétrifié de la môme feu-au-derche qui attire mon attention. Je suis la direction de son regard et je vois une masse sombre écroulée sur le carrelage du couloir. Je me penche. Un visage blême, exsangue, regarde l'ampoule électrique avec des yeux vitreux. C'est Ribens. Sa tête a été à demi sectionnée par un magistral trait de rasoir. Il a perdu trois litres de sang et, depuis un bout de temps, nous piétinons dans le raisin, la greluche et moi. Nos tatanes en sont couvertes et le bas de nos quilles en est éclaboussé. Du travail de boucherie!

Comme réaction après l'instant d'extase que nous venons de vivre, c'est du soi-soi!

Ma pétroleuse pousse un léger hoquet et titube. Je la biche par une aile au moment où elle va s'écrouler.

Pour parer au plus pressé, je la sors sur le trottoir et l'assieds sur le seuil de la lourde. L'air frais la ravigotera. Cette chose accomplie, je me remue le panier pour donner l'alerte.

La première porte que je rencontre me sert de batterie pour jouer sur son panneau le grand morceau de Lionel Hampton.

Un mec ahuri, coiffé d'un bonnet de coton comme sur les dessins de Daumier, en chemise de nuit et pantoufles, m'ouvre avec des exclamations :

— Qu'est-ce qu'il y a, allez?

— Un meurtre, téléphonez à la police.

Il en paume son dentier, le pauvre chéri... Il le ramasse, souffle dessus pour chasser les molécules de sciure et se l'enfourne dans le clapoir.

Sa bourgeoise vient à la rescousse avec trente kilos de gélatine sur le devant et des bigoudis dans les crins.

Re-exclamations... Ça se met à remuer vilain dans le secteur. Je laisse ma pin-up qui revient à la vie s'expliquer avec les voisins. Qu'elle se dépatouille, sa version sera la mienne!

Quatre à quatre je grimpe les trois étages et j'entre chez Ribens. Un spectacle inattendu m'est offert. Tout est saccagé chez lui, tout a été pillé, fouillé...

Je ne perds pas de temps et rapidos, je redescends. Cette fois, y a de la compagnie au rez-de-chaussée!

Le quartier se la radine. La grosse valse des mouches à m...! Un cadavre à l'horizon par tribord! Et je te saute dans mon falzard! Et je te passe ma robe de chambre! Adieu veau, vache, épouse, oreiller! C'est la ruée. Le premier arrivé aura droit à une place de tribune!

Au milieu de la populace, la fille que j'ai travaillée au corps explique comment nous avons découvert le cadavre, sans préciser toutefois à quel exercice particulier nous nous sommes livrés auparavant.

Je l'écoute bavasser en pensant à autre chose car le résumé des chapitres précédents ne m'intéresse pas. Je me dis que le meurtrier est un gars vachement gonflé. Et je me demande s'il s'agit de l'homme au chapeau rond.

Que ce dernier soit revenu dans l'appartement après m'avoir boxé de pareille manière et sachant que je suis un poulardin est un véritable défi à la prudence la plus élémentaire... Or il m'a semblé intelligent, ce mecton. D'autre part, si c'était un tueur, il ne m'aurait pas laissé la vie sauve tout à l'heure car je représente une sérieuse menace pour sa sécurité.

L'arrivée des bourdilles vient apporter une diversion de choix. C'est d'abord police secours qui s'annonce à toute vibure, suivi peu après de la maison parapluie.

Le commissaire qui dirige les opérations est un gros type sanguin avec un cou de taureau et des châsses sans cils. Sa peau ressemble à du croco de premier choix.

Je le queute en aparté et lui file mon blaze. Il paraît impressionné et contrarié. De toute évidence, il préférerait que je ne sois pas mêlé aux affaires criminelles de son ressort.

— Je suis à l'hôtel des Tropiques, lui dis-je, vous pourrez m'y trouver quand vous voudrez, il faut que je file.

Soulagé, il fait un geste bénisseur. Je me casse après un petit coup de saveur cochon à ma Miss Je-me-retrousse.

La nuit est fraîche. Un peu de brouillard voile la ville, plongeant les immeubles dans une sorte d'univers secret. (Vachement bousculée, cette phrase, non? Si vous êtes libre demain après-midi, chère madame, passez à mon bureau, je vous en ferai d'autres!)

Je cherche désespérément un taxi, mais à ces heures ils remplacent leur moteur, les braves. Tant pis, je bombe à pince, le tout est de forcer un peu l'allure, pas la peine de se biler pour ça...

Un quart d'heure plus tard, j'arrive rue de

l'Étuve. Je suis en nage, — comment en serait-il autrement dans une rue qui porte un nom pareil?

Je m'arrête devant l'immeuble des Van Boren. A moi l'ouvre-boîtes! La serrure de la porte se rend à mes raisons et je m'engouffre dans la strass. Il est plus d'une heure du mat. Tout est calme...

Parvenu devant l'appartement de la belle Huguette je tends l'esgourde. Aucun bruit. Elle doit se payer une partie de roupillon sans se gaffer qu'elle se trouve deux fois veuve. En v'là une qui n'a pas de chance avec ses mâles.

Ou peut-être que ce sont eux qui n'ont pas le bol avec elle. Y a des sœurs comme ça, qui portent la cerise... Des bergères vénéneuses qui tuent le bonhomme par leur seul fluide, comme la femelle de la mante bousille le mâle en l'acceptant. (Mordez un peu l'étendue de ma culture, les mecs!)

Je me demande si je dois carillonner comme l'exigerait la bienséance ou bien si je pénètre par effraction comme on dit en charabia judiciaire. Ce serait farce d'aller réveiller Huguette en sursaut. Elle serait capable de choper la jaunisse, ce qui lui éviterait d'aller se faire bronzer la praline sur la côte... Surtout si je lui apprends de quelle façon est cané son amant... Le mari le matin,

le doublard le soir! C'est vraiment pas les
occases de se cloquer en deuil qui lui man-
quent, à la veuve Machinchouette! Franchement elle a du mouron à se faire. Tout le
monde, du reste, a du mouron à se faire : elle
parce qu'elle n'a plus de mec, la police parce
que ça se corse (patrie des grands hommes;
voir Tino); moi parce que je n'ai plus que
quelques heures pour dénouer tout ça si je ne
veux pas faillir à ma réputation, et le gars au
chapeau rond parce que je vous parie un
coup de chapeau contre un coup de revolver
qu'il n'a toujours pas trouvé ce qu'il
cherche...

J'entre donc dans le coquet appartement.
J'actionne l'électrac. Tout paraît normal.

Je vais droit à la chambre : personne.
Personne ailleurs non plus. C'est pas une
veuve, c'est un courant d'air, cette femme-
là!

CHAPITRE XII

O IRONIE!

Rien n'a été remué dans l'appartement. Tout paraît en ordre...

Je vais à la cuisine et je trouve sur le réchaud à gaz un petit poêlon dans lequel on a fait cuire des œufs au plat. Cela prouverait que ma mystérieuse Huguette s'est sustentée avant de mettre les bouts.

La question qui se pose consiste à savoir si elle s'est barrée pour de bon ou bien si elle est allée passer la noïe dans la famille. J'opte pour la seconde solution. Il est en effet normal qu'une jeune veuve ne reste pas seule la nuit suivant la mort tragique de son époux dans l'immeuble qui abrita leur idylle (remettez-nous ça, la patronne!)

D'autre part, rien dans l'appartement ne dénote un départ définitif... Dans la chambre il y a même le pyjama de la poulette sous le couvre-pieds. L'armoire contient des piles de linge fin qui font frémir... Comme harnais elle se lançait dans le salace, cette chère

veuve. Je me souviendrai jusque sur mon lit
de mort — si j'en ai un! — d'un coquin petit
pantalon de soie blanche bordé de dentelle
noire. Il est grand comme deux doigts.

Une grognace qui se taille emporte au
moins ces affutiaux. Donc son absence n'est
que momentanée...

Je m'installe un moment dans un fauteuil
du salon pour reprendre haleine. Si vous
songez que tout ce que je viens de vous
bonnir s'est déroulé en une vingtaine
d'heures, vous admettrez que je vis une
existence remplie comme un claque de campagne.

Comme j'éprouve le besoin de récapituler
je ferme les châsses et je marmonne ma litanie.

Primo, je découvre un gars qui glisse des
diamants dans des fruits confits.

Deuxio, il fait adresser ce précieux colis à
sa femme, laquelle habite à quelques cen-
taines de mètres de là... *Et à qui il s'apprête à
rendre visite*, voilà une notation capitale. Van
Boren a agi d'un bout à l'autre de façon
paradoxale...

Troisio, quelques heures plus tard il pique
une tète dans la cage d'ascenseur de son
immeuble; toutes les portes de ladite cage
étant fermées et personne n'étant descendu,
je suis amené à conclure qu'il a été poussé et
que l'assassin habite l'immeuble.

Quatrio (venez pas me chercher du suif au sujet de mon français) quatrio, répété-je, ne serait-ce que pour vous faire tartir, au moment où il a passé par-dessus le bastingage, sa digne épouse était en compagnie de son jeune amant.

Cinquio (ça sonne mal mais on se comprend), une bonne femme a vu un homme au chapeau rond se tailler en reconnaissant le cadavre.

Sixio (ça devient marrant), l'homme au chapeau rond va chercher les bagages de Van Boren à son hôtel. Et il embarque le récépissé du paquet expédié le matin.

Septio, l'inspecteur Robierre découvre une minuscule photo à la noix dans le boîtier de la montre. Que représente-t-elle? Mystère et Vermifuge Lune!

Huitio, au cours d'une visite chez Ribens, je découvre des fruits confits qui me paraissent avoir été utilisés à la manière Van Boren.

Neufio (ça s'écrit comme ça se prononce), l'homme au chapeau rond s'annonce *aussi* chez Ribens pour y chercher *aussi* quelque chose. Il me dérouille salement.

Dixio, retournant, quelques heures plus tard chez Ribens, je découvre celui-ci égorgé dans l'allée de son immeuble.

Onzio, cavalant après ça chez la petite

veuve Van Boren, je ne la trouve pas à son
domicile...

Voilà, c'est tout. Passez-moi l'aspirine et
faites-moi chauffer une bouillotte!

S'il y a des zigs à double citron dans
l'assistance, qu'ils viennent me trouver. Je
reçois les messieurs de dix heures à midi et
les dames de cinq à sept!

Vous conviendrez que, même en étant
doué pour les mots écrasés (comme dirait
quelqu'un de mes relations), ces problaques
méritent qu'on se fasse des frictions à l'eau
de javel pour se lubrifier la pensarde!

Des diams, des morts, des marrons, des
photos... Y a qu'à se baisser pour en prendre.

Je me dis que, puisque me voilà seulâbre
chez Van Boren, je pourrais peut-être m'offrir une petite perquise. Ça ne serait pas une
mauvaise idée après tout.

Une fois de plus j'entreprends les grands
sondages : voyez tiroirs, armoire, commode,
etc. Je trouve ce qu'on dégauchit toujours
dans ces sortes d'endroits, c'est-à-dire du
linge, des factures, des papiers de famille
sans intérêt, des cartes postales du cousin
Lulu, des lettres de la tante Hermance, des
billets de tramway étrangers, des patrons
découpés dans l'*Écho de la Mode*, etc. Mille
autres saloperies encore, sans intérêt pour
autrui.

Je passe dans une minuscule pièce meublée d'un bureau et d'un classeur. J'espère me régaler, mais je suis marron.

J'y pêche des feuilles de papier imprimées au nom de Van Boren, des dossiers contenant une correspondance avec des clients au sujet d'appareils photo... Il y a plus de cinquante noms différents. Tout semble régulier. Peut-être trouverait-on des choses intéressantes là-dedans en passant chaque papelard au crible, mais je n'ai pas le temps de jouer les minutieux...

Malgré mon solide roupillon de fin de journée, je commence à ressentir la fatigue causée par ces allées et venues et ces émotions. Je me laisse choir sur le fauteuil pivotant du burlingue et alors mes yeux tombent (sans se faire mal, merci) sur un morceau de papier engagé dans la machine à écrire portable posée sur le sous-main. (Ouf! je ne croyais pas arriver au terme de cette phrase; si vous parvenez à la prononcer sans respirer, c'est que vous êtes doué pour les records de plongée.)

Sur le morceau de papelard il y a quelques mots mal tapés et je lis ceci qui a l'air d'une blague :

Georges, je suis au éè.

C'est tout! Et c'est vraiment peu, faut le reconnaître. Je me dis que ce message (car il s'agit d'un message) était adressé à Ribens. Donc, Huguette ne sait pas qu'il est cané et, redonc, elle s'attendait à sa visite...

Bon Dieu! ce que c'est compliqué, ce cirque!

Voilà un « douzio » auquel je ne m'attendais pas...

Qu'est-ce que ça signifie, je suis au *éè?*

En voilà un drôle de mot! Si on peut appeler ces deux lettres, un mot.

E accent aigu — E accent grave... Ça ressemble plus à un truc en code qu'à un moulin à poivre.

J'arrache le papezingue de la machine et le glisse dans ma pocket en souhaitant trouver une réponse à ce nouveau problème.

Mystère en douze points.

Il ne me reste plus qu'à attendre un treizio (voilà que je parle mexicain) en espérant qu'il me portera bonheur.

Je calte de l'appartement. Comme j'ai les cannes cotonneuses, je prends l'ascenseur. Je m'assure auparavant que la cabine est bien là, car je n'ai pas envie d'enjamber quatre étages d'un coup. J'entre et je vais pour fermer la porte grillagée lorsque je m'aperçois qu'elle est munie d'un dispositif la fermant seule. Cette constatation me rend tout rêveur. Comme un gland romain, je n'avais pas pensé à vérifier la fermeture des lourdes. Du moment qu'elles se referment d'elles-mêmes, on peut à nouveau envisager la possibilité d'un accident.

Bon, j'opte pour l'accident... En ce cas, il *n'aurait pu se produire qu'au moment où Van Boren partait.* Or sa bonne femme a juré ne pas l'avoir vu. Si elle ment, c'est qu'elle l'a tué. Si elle ne l'a pas tué, son Jef n'est jamais entré.

Retournez vite m'acheter de l'aspirine et pendant que vous y êtes, prenez-en une boîte de cent!

Je regagne mon hôtel en tortillant le *troisio* de mon rapport personnel. Accident ou meurtre?

That is the question!

Il est trois plombes lorsque je me fous dans les torchons. Les locataires d'à côté sont sages. Des mecs ronflent un peu partout.

Au moment de m'endormir, je décroche le bignou. Le zonzonnement de la sonnerie retentit un bon bout de temps avant que le gardien de nuit réponde d'une voix gluante de sommeil :

— Ouais? fait-il sobrement....

— Passez-moi la police.

— La quoi?

— La police (po, comme postérieur et lice comme postérieur).

— Il y a quelque chose?

— Non, rien...

— Mais...

— Appelez la police, vieux, si vous ne voulez pas vous faire inscrire au chômage demain.

Il finit par obtempérer.

Après bien des pourparlers et des « attendez, je vais voir », je finis par avoir le commissaire aux yeux globuleux qui est venu enlever la viande froide de Ribens tout à l'heure.

Je me rappelle à son bon souvenir.

— Dites, — j'enchaîne sans lui laisser le temps de m'assurer de son indéfectible attachement, — je suppose que Ribens avait des trousseaux de clés sur lui.

— Effectivement, s'étonne le gars, il en avait un, plus une petite clé *yale*.

— Voulez-vous vérifier si cette clé ouvre la porte de Mme Van Boren, 18, rue de l'Étuve?

— Quel nom dites-vous?

— Van Boren...

— Mais ce ne serait pas?...

— Si. Dès que vous aurez du positif, soyez gentil : prévenez-moi!

— Entendu.

Je raccroche. Le mec d'en bas n'a rien perdu de notre conversation, car j'entends sa respiration en ligne.

— Hé! veilleur, je dis. Vous pouvez rac-
crocher, j'ai fini.

Je pose ma veste et je m'allonge avec mon
futal sur le plumard. Les gnons dont m'a
gratifié le zig au galure rond et aux carreaux
bicolores recommencent à me faire mal.

Il avait une chevalière, ce zouave, et elle
m'a entamé la pommette.

J'éteins car la lumière électrique me meur-
trit le nerf optique.

Dans le noir, un apaisement miraculeux
tombe sur mon pauvre visage comme un
tulle arachnéen (encore une citation que vous
pourrez faire dans une bafouille. Ça vous
donnera un poil de personnalité!)

J'essaie de réfléchir, mais les meilleurs
bourrins marquent le pas lorsqu'ils ont dans
les quilles leur taf de kilomètres.

Ma pensarde est en cale sèche.

Doucettement je perds les pédales... Dans
une ronde extrêmement lente passent les
frimes de mes personnages : Ribens, Van
Boren (décédés)... Huguette... Le salopard
qui joue les gros bras... Robierre... Et la
môme-sans-chichi qui s'est laissé faire le coup
de la tour Eiffel renversée dans l'allée, à côté
du cadavre.

Et puis la ronde s'interrompt et je m'abstrais.

CHAPITRE XIII

OH! OH!

Je ne m'abstrais pas très longtemps. C'est la sonnerie du bignou qui me tire du noir intégral. La voix du commissaire, très éveillée, me dit des mots que je mets un temps infini à comprendre... Il est pénible de pioncer par bribes. Le sommeil c'est comme l'amour, faut s'en payer une bonne séance d'un coup, autrement on est ahuri.

— Vous aviez raison, dit le flicard, la clé ouvre l'appartement des Van Boren. Il paraît que Ribens était l'amant de la veuve Van Boren; celle-ci ne se trouve pas à son domicile. Elle a disparu au début de la soirée...

— Merci...

— Puis-je vous demander comment?...

— Je vous raconterai ça demain par le menu...

Vraiment, c'est pas le moment de donner

un cours en Sorbonne sur le comportement sexuel du lapin angora à travers les âges!

Je raccroche. J'ai la bouillotte lourde. Je vais me plonger la hure dans l'eau froide et ça me calme. Ça me réveille aussi. Et ça réveille par-dessus le marché mes voisins de carrée qui, aussi sec, reprennent les pourparlers au point où ils les avaient laissés.

On dirait qu'une machine à battre entre en action. Y a des voyageurs qui la ramènent et qui tabassent à la cloison pour demander le silence, mais ces deux-là, pour leur faire lâcher le morcif, faudrait une lance d'arrosage, et encore!

Renonçant à me payer un jeton, je mets de l'ordre dans ma toilette et je me rase. Le zonzon de mon Philips se perd dans le tumulte d'à côté. Quelque part, un beffroi égrène six coups.

On est matinal aujourd'hui!

Lorsque je me suis assuré que mon système pileux est ratissé, je me convoque pour une conférence ultra-secrète. De cet entretien, il ressort que le premier turbin à faire consiste à mettre la paluche sur les cailloux. C'est ce matin qu'ils vont être portés chez Van Boren par le facteur. Il faut les griffer au passage. Parce que j'ai mon idée, et cette idée, bien que vous soyez aussi gentils avec moi qu'un piège à loups, je vais vous la transmettre; ouvrez grandes vos manettes, tas de pedzouilles! Je me dis que le gnace aux yeux bicolores a dégauchi le reçu de la poste. En conséquence, ce dernier étant caché, il n'a pu faire autrement que de s'y intéresser.

Le cachet de la poste lui a indiqué qu'il avait été posté le jour même. Il pense également qu'il sera distribué aujourd'hui et il fera l'impossible pour s'en emparer.

J'ai naturellement la possibilité de mettre la police au parfum de ça, mais je préfère manœuvrer seul. Les matuches entreprendraient une opération de grande envergure qui mettrait la puce à l'oreille du fin renard...

Comprenez, il me reste une chance de retrouver mon maître dérouilleur et je ne veux pas la rater... C'est maintenant un bisness entre lui et moi. Intermédiaires s'abstenir, nous traitons directement du producteur au consommateur, de la main à la main, ou, si vous préférez, du poing au poing!

Ma brave femme de mère m'a toujours appris que le monde appartenait à ceux qui se levaient tôt.

Je finis donc de me loquer, j'époussette mon grimpant et je me casse tandis que la souris d'à côté annonce aux populations qu'elle va mourir. Elle hurle à son mec qu'il la tue... Assassin, va!

Ce matin, il fait un temps assez cafardeux.

On dirait que la ville a sommeil et qu'elle ferait bien la grasse matinuche. Ce doit être la projection de mon âme sur les choses d'alentour. Les hommes ont toujours tendance à donner aux milieux qu'ils traversent la couleur de leurs pensées. (Oh! ce que je l'ai réussie, celle-là! Du Mauriac de la bonne année. Mauriac! l'académicien, qui fait penser... à quelqu'un de triste.)

Je me dirige rue de l'Étuve et je demande à un balayeur où se trouve le bureau de poste le plus proche. Il me l'indique complaisamment et m'assure qu'à ces heures il n'est pas encore ouvert, ce que je crois sans peine.

Je m'informe auprès d'un commerçant qui nettoie le seuil de son magasin de l'heure à laquelle passe le facteur des recommandés... Il me dit neuf heures. J'ai tout mon temps.

Je vais faire un petit déjeuner copieux dans un café qui vient d'ouvrir et où s'engouffrent les braves prolos du coin... Ça jacasse ferme. Ils ont l'air heureux, les Belges, c'est ce qui me plaît le mieux chez eux. On n'a pas l'impression, en les voyant vivre, que la guerre a passé sur leur sol. Ils ont une santé qui a résisté aux épreuves... (Retenez-moi ou je vais vous faire chialer! Si vous avez la *Brabançonne* chez vous, le moment est venu de vous la faire jouer!)

Ce brouhaha me communique l'allégresse

qui me faisait défaut. Bon, je vais mettre le gros paquet dans la balance... On verra bien qui l'emportera : du mystérieux cogneur ou de votre bon San-Antonio!

Je remarque que les consommateurs jettent de fréquents regards sur moi. Un miroir m'apprend qu'ils ne me confondent pas avec Marlon Brandade, seulement j'ai le portrait en Gevacolor... Mes coups de plumeau ont viré au bleu turquoise... Il y a du rouge, un peu de jaune et pas mal de vert. Ma gueule ressemble à Venise... Je ne voudrais pas que vous vous gondoliez. (Excusez-moi, mais celui-là, j'ai pas pu le retenir. Enfin, un peu de Vermot ne fait pas de mal de temps en temps. Comme disait un pote à moi — je crois qu'il s'appelait Victor Hugo — « Le calembour c'est la fiente de l'esprit qui vole. » Et il n'avait pas l'esprit constipé, ce mecton-là) (1)!

Je crois que des lunettes de soleil seraient les bienvenues. J'aime le ton sur ton.

Un petit gros qui consomme des denrées

_____

(1) Mes fidèles lecteurs remarqueront que, cette fois, j'ouvre beaucoup de parenthèses au cours de ce récit palpitant. Qu'ils m'en excusent si ça leur déplaît. La parenthèse c'est un peu l'opium du littérateur. Qu'ils me permettent aussi de leur faire respectueusement remarquer que je les referme toujours.

alimentaires sur un coin de table me sourit gentiment.

— Qu'est-ce qui vous est arrivé? demande-t-il.

— Une chose ridicule, je lui réponds...

— Ah! oui?

— Oui...

— Quoi?

— Les oreillons...

— Les oreillons?

— Oui, ils sont très mauvais, cette année.

Je me lève, le plantant là, au milieu de sa boustifaille, avec dans le clapoir un morceau de pâté gros comme le rocher de Gibraltar.

Je vais me baguenauder près d'une heure sur les berges romantiques de la Meuse. C'est plein de péniches... J'aime l'activité fluviale... Je trouve ça pittoresque et reposant. Enfin, comme huit heures sonnent, je reviens dans le centre... Je suis les rues à filles. A Liège, elles sont en vitrine. On les voit dans des petits studios coquets, bien lingées, l'air gentil. Si le cœur vous chante, vous entrez, la dame tire un rideau vous isolant de la rue et vous vous achetez un quart d'heure d'entracte... Le système est à retenir. J'aimerais le voir entrer en vigueur à Paname. Il aurait sa place dans le cadre de la campagne contre le bruit!

Un bazar ouvrant son volet, je me précipite et je fais l'emplette de verres fumés. Ça n'ajoute rien à ma distinction naturelle, mais je ressemble un peu moins à Venise.

Cette fois, l'heure H approche. Je calte en direction du bureau de poste précité et je m'embusque dans la ruelle par où s'opère le trafic intérieur. Des postiers en sortent, leurs sacs sur la brioche pour se la tenir au chaud.

J'avise un bon pépère et je lui demande du feu. Comme il m'en donne, je lui offre un cigare aussi conséquent qu'une torpille sous-marine. Bredouillant de reconnaissance, il me file tous les tuyaux désirables. Non, ça n'est pas sa pomme qui dessert la rue de l'Étuve, c'est son copain Colaert, un petit blond qui louche et qui ne va pas tarder à sortir. Je le remercie.

Avec un signalement pareil, vous reconnaîtriez l'intéressé n'importe où, y compris dans la foule de la kermesse aux Étoiles.

Il ne tarde pas à sortir, fidèle en tout point, sinon à sa bourgeoise, du moins à la description qu'a brossée son éminent collègue.

Il va, paisible, le cœur en fête, car il siffle du Enrico Macias, comme si le temps n'était pas suffisamment incertain comme cela !

Et bibi, à distance, lui emboîte le pas. Caressant d'un œil moite ce petit zigoto qui trimbale sans le savoir une fortune kolossale.

J'ai mon pétard en fouille, le cran de sûreté ôté, et je vous jure qu'au cas où le postier serait agressé, il ne me faudrait pas dix secondes pour balancer le potage au téméraire qui jouerait les Dillinger.

Qu'il accomplisse sa mission d'un pas souple et d'une âme sereine (du reste, il a l'air serein tout plein), ce brave fonctionnaire du royaume de Belgique, San-Antonio veille. Y aura pas de taches dans sa boîte à mensonges.

On ne peut pas savoir ce que c'est long une tournée de facteur lorsqu'on ne fait pas la distribution soi-même.

Je marche comme derrière un enterrement tiré par un bourrin têtu qui renâclerait à chaque instant. Des pauses, des pauses...

Je regarde le loucheur disparaître dans les immeubles et réapparaître, toujours sifflant, toujours content de lui, des autres, de l'administration qui assure sa subsistance et celle d'une progéniture qui doit porter des lunettes aux verres épais comme des hublots de bathyscaphe.

Je regarde soigneusement tout autour de nous afin de voir si le facteur est suivi, mais non. Il marche lentement, le digne homme. Il va son petit bonhomme de chemin, se délestant de ses messages d'amour, de mort, d'affaires. Apportant de la joie ici, du déses-

poir là... Véhicule paisible du destin...
Camionneur des cœurs enflammés, artisan
des ruptures, constructeur d'idylle, semeur
de morts; planteur de Caïffa... (Oh! arrêtez-
moi, je prends une crampe!)

Oui, il va... Et plus il va, plus il approche
de ce but que je me suis fixé et qui est le 18
de la rue de l'Étuve.

Et plus il s'en approche, plus le danger
qu'il court se précise...

Je me rapproche de lui, craignant à tout
instant de voir une bagnole stopper à sa
hauteur, un homme en jaillir, pétard au
poing et le délester de sa cargaison.

Mais rien de pareil ne se produit. Le voilà
au 14, au 16, il traverse la rue pour « faire »
le 13 et le 15... Puis retraverse et entre au
18... Le 18 qui... Le 18 que...

J'hésite, regarde autour de moi : personne!
Alors, gonflé à bloc, j'entre aussi! ′

CHAPITRE XIV

O, VOUS QUE J'EUSSE AIMÉ!

Ce qu'il y a de marrant au fond dans cette p... d'existence, c'est qu'il ne se produit jamais ce qu'on attend.

Par exemple, au cirque, lorsque vous assistez au numéro de l'homme-torpille, vous pensez toujours qu'il va se casser le tiroir... Vous êtes là, ouvert de bas en haut pour pas en perdre une miette, et chaque fois le gnace réussit son numéro. Malgré tout, vous lisez un jour dans votre baveux habituel qu'il s'est démonté la colonne Vendôme quelque part à l'étranger et vous ressentez une grande tristesse. Oui, vous êtes triste de n'avoir pas été là au moment où enfin son numéro foirait. Vous y voyez comme une vacherie du sort à votre endroit. Et vous avez raison. Le hasard est dégueulasse avec vous. Depuis que vous êtes au monde, il vous fait passer à côté de la gagne. Vous loupez toujours la femme fidèle, le gros lot, l'avancement... Vous n'avez droit qu'à la vérole honteuse, à la croix de guerre et aux nanas qui font entrée libre devant vos potes... C'est la vie...

Pour vous en revenir à mon brave petit facteur, j'ai pour lui une sombre traquette. Voilà un bonhomme qui coltine, sans le savoir, une fortune considérable et nous sommes au moins deux à être au courant.

Ce qui va se passer, je le devine, je le flaire, je le hume, je le pressens. L'homme au chapeau rond est embusqué dans l'immeuble. Il va guetter le postier. Au moment où celui-ci sortira le lacsonpem et s'apprêtera à carillonner à la lourde de l'appartement vide des Van Boren, il lui bondira dessus avec la promptitude que je lui connais et lui annoncera un vieux coup de goumi sur la dragée. Le facteur ira à dame et l'homme au chapeau rond s'appropriera le précieux paquet... C'est à ce moment-là que j'interviendrai.

Évidemment, pour le facteur, vaudrait mieux que je me manifeste avant, mais je ne sais s'il me sera possible de le faire.

Voilà comment je me fais mousser la matière grise quand je déambule (de savon, dirait le pape) sur le sentier épineux de la guerre des deux roses.

En fonctionnaire modèle, le petitout néglige l'ascenseur interdit aux fournisseurs.

Fournisseur, il l'est! Et comment! Fournisseur en pierres précieuses, chère madame! Et en fruits confits, aussi, bien sûr. Ces fruits-là ce sont les fruits défendus...

Tandis qu'il attaque courageusement l'escalier, je m'engage dans l'ascenseur (ce qui vaut mieux que de s'engager à ne plus boire). J'appuie sur le bouton du cinquième et me voilà parti dans les cintres.

La cabine d'acier fonce comme un V 1. Je dépasse le petit facteur blond et il me jette un regard en faisceau qui est l'apanage des loucheurs. Je lui souris, il me sourit.

Il ne se doute pas que je suis son ange gardien. En gardien consciencieux, je prends de la hauteur pour voir les choses sous l'angle favorable.

Je pensais découvrir quelqu'un de planqué, mais mes quenouilles! *Nobody!* La montée d'escalier est aussi déserte qu'un disque de Jean Sablon. Voilà qui est bizarre, et, je vais même plus loin : étrange!

Je quitte l'ascenseur et m'embusque en haut du cinquième et ultime étage. Penché par-dessus la rampe, j'ai une perspective du tonnerre de chose. Je vois, quelques paliers plus bas, la dextre valeureuse du brave facteur posée sur la rampe. Il monte, cet homme, d'une semelle aussi hardie que cloutée, il se lance à l'assaut de ces quatre étages comme un collégien se lance à l'assaut de sa cousine germaine.

Et, pour se donner de l'entrain, malgré l'effort considérable que représente cette ascension, il siffle, le cher homme! Ah! j'en pleurerais! Il siffle « Vous qui passez sans me voir », ce que je trouve un tantinet vieillot et pourtant d'actualité dans notre cas.

Brave facteur... Le voici, au quatrième. Il ouvre sa sacoche de cuir. Il puise un paquet que je reconnais parfaitement. Il est là, à quatre mètres au-dessous de moi, avec ses fruits confits, son âme pure, son œil gauche qui joue « Nous irons à Valparaiso » et son droit qui interprète « J'y suis, j'y reste ». Et rien ne s'est produit. Ma main est soudée par la transpiration à la crosse gaufrée de mon feu. C'est plus une pogne, c'est une éponge! C'est la main de ma sueur!

Mon battant pourtant accoutumé aux émotions fortes fait des heures supplémentaires.

Je descends trois marches de façon à n'avoir que deux bonds à faire pour être présent au cas où il y aurait de la bigorne maison.

Le petit facteur vise le bouton de sonnette, ce qui n'est pas commode avec ses châsses en forme d'Interdit de Stationner. Il le presse. Il

attend... Et moi j'attends aussi. Silence! On
tourne!

Alors j'ai une petite cassure interne. Je me
dis que je me suis monté le bourrichon, que
le gars qui a trouvé le récépissé n'en a pas
déduit qu'il s'agissait de quelque chose d'important... Que...

C'est à ce moment-là que la porte des Van
Boren s'ouvre. Le facteur lance un cordial :

— Bonjour, mademoiselle! qui me laisse
flagada.

Je donnerais bien une horloge parlante
contre un cadran solaire pour apercevoir la
frime de la pépée saluée ainsi par le facteur.
Mais c'est impossible, la lourde se trouvant
exactement sous l'endroit où je me tiens... Or
je ne veux absolument pas me manifester en
ce moment!

Ces coups-là c'est comme pour l'appendi-
cite : vaut mieux opérer à froid.

— Mme Van Boren! lance joyeusement le
facteur dont le regard symbolise le signe
multiplié par.

— Madame est dans son bain, répond la
voix féminine...

Donc il ne s'agit pas de la môme Huguette.
Cette fois, j'entrave à bloc. La souris est une
complice du gars au chapeau rond. Elle est
venue attendre le facteur làga; comme ça,
pas d'agression, pas de coups foireux possi-

ble : du cousu-main. Il suffisait d'un peu de
culot...

— J'ai un paquet pour elle. Vous pouvez
lui faire signer mon livre ici?

— Bien sûr, donnez...

Un instant de silence... La fille s'éclipse.
Elle va signer elle-même le carnet du gars,
c'est couru... Moi, à sa place, j'agirais comme
elle.

Du beau travail...

La voilà...

— Tenez, facteur...

Le pourliche doit être royal... Je comprends ça... Faut ce qu'il faut, le fruit confit
n'a pas de prix cette année!

Le gnard aux yeux en binocle se confond
en remerciements. Il fait demi-tour à reculons
en se prosternant. C'est l'amiral Courbette!
La porte se reboucle, je lâche mon soufflant
poisseux, m'essuie les salsifis à mon tire-
gomme et je descends un étage.

Je tends l'oreille, pensant percevoir un
bruit de conversation, mais non, tout est
silencieux. Alors, courageusement, je sonne.
Silence... Je resonne, re-silence... Qu'est-ce
que ça veut dire? Presto j'ai recours à mon
sésame. Il a déjà fait connaissance de cette
serrure-ci, ça abrège les pourparlers. La
lourde ouverte, je me catapulte dans la

carrée avec mon artillerie de poche dans les pattes... Comme un dingue, je me rue à la cuisine, je vois que la porte de service est entrouverte. Je m'y rue. Tout en bas, il y a la fin d'une galopade... Alors je bondis à la croisée, mais, manque de bol, la sortie de secours donne sur une autre face de l'immeuble, car celui-ci compose un angle.

Si j'avais la possibilité de m'adresser mille coups de pied au dargeot, je le ferais immédiatement. Je ne cherche pas à vous émouvoir outre mesure mais franchement, j'ai les larmes aux yeux... Se laisser pigeonner de cette façon, non, je vous jure, c'est pas pensable! J'en meurs... Ça y est, j'agonise... Des sels...

Le sel donnant soif, je me braque directement sur une bouteille de cognac providentielle. Guerre aux intermédiaires!

Puis je sors du logement et, négligeant l'ascenseur qui est resté à l'étage supérieur, je cavale à toute vibure dans l'escadrin...

La rue est vide. Mon cœur par contre est plein de trucs mauvais! Une vraie poubelle!

J'avise mon facteur un peu plus loin, il sort de l'immeuble voisin.

— Hep! facteur...

Il se retourne.

— Monsieur?...

— Écoutez, je suis de la police, c'est très

grave... Vous venez de livrer un paquet recommandé chez Mme Van Boren?

— Oui... Mais...

— La bonne vous a ouvert?

— Oui, mais...

— Comment était-elle?

Il me regarde...

— Mais...

— Écoutez, mon vieux, cessez de bêler, ça fait tout de suite transhumance. Je vous demande son signalement, c'est urgent, allez, faites travailler un peu la noisette qui vous sert de cerveau.

— Mais, monsieur... je... je vous prierai de...

Pour arrêter son flot de protestations, je lui montre ma carte sans lui laisser le temps de constater qu'elle est française. L'essentiel, c'est le mot POLICE écrit en caractères gigantesques. Bien sûr, il y a du tricolore là-dessus, mais il est peut-être daltonien.

Il marmonne :

— Ça alors, si je m'attendais... Eh bien! c'était une jeune fille...

Il cligne de l'œil droit, ce qui, l'espace d'une seconde, lui restitue une physionomie à peu près normale.

— Jolie, dit-il... Bien faite... Des... et puis du...

Ses mains courtaudes décrivent dans l'air des volumes engageants.

— Écrasez, mon vieux!... Je vous demande pas de me danser le french cancan! Sa tête, à quoi ressemblait-elle? A une limande ou à Marlène Dietrich?...

Joyeux, il se fend la cerise.

— Vous êtes marrant pour un policier...

Ses yeux se pincent encore au point de lui écraser l'arête *of the nose*.

— Un gentil visage... Elle était brune avec une mèche blonde dans le milieu et...

Brune avec une mèche blonde???

J'empoigne le postier par ses revers. J'essaye de trouver son regard, ce qui me fait loucher aussi.

— Vous êtes sûr, facteur? Brune? Et une mèche décolorée, d'un blond presque blanc?

— Oui, c'est ça...

Je murmure :

— Miss feu-au-der!

— Quoi? croasse l'autre...

Je le lâche.

Il me regarde.

— Il faut que je téléphone illico, dis-je.

— Il y a un café juste à côté.

— Bon... Merci...

Pris de remords, je lui dis :

— Venez avec moi, facteur... C'est ma tournée!

CHAPITRE XV

AH! AH! (1)

Offrir une tournée à un facteur ne manque pas de sel (Cérébos, la marque d'élite). Il biche comme un pou, le vaillant petit soldat des postes et télégraphes! Être abreuvé par un condé, c'est pour lui un honneur. Chacun s'en fait l'idée qu'il veut, de l'honneur. Question de tempérament.

Je vais au téléphone et j'appelle une fois encore le commissaire chargé de l'enquête Ribens. Il n'est pas là, s'étant zoné au petit jour, mais on me passe un de ses sous-verges (c'est un poste délicat).

— Oui, dit-il, le commissaire Taboit m'a parlé de vous, monsieur le commissaire...

— Vous l'escortiez lorsqu'il est venu pour les constatations avenue Léopold-Ier?

— Oui...

— Alors, vous vous rappelez certainement la jeune fille qui a découvert le meurtre?

(1) Comme on dit chez nous!

— Mlle Dubeuck?

— J'ignore son nom : c'est une jolie brune qui a une mèche décolorée suivant la dernière mode de 1946, vous voyez ce que je veux dire?

— Oui, c'est ça... Elle avait une veste verte et une jupe beige...

— Nous y sommes. Vous pouvez me donner l'adresse de cette pin-up?

— Mais... elle demeure dans un immeuble!

— Vous êtes certain?

— Évidemment, je l'ai même accompagnée jusque chez ses parents. Le père est un ancien gendarme, la petite est ouvreuse dans un cinéma...

— O.K., merci...

— Rien de nouveau?

J'hésite. Vous ne trouvez pas qu'il se laisse un peu dépasser par les événements, le petit gars San-A? Il ferait bien de mettre les pouces, non? Si j'avais confié à la rousse tout ce que je savais, il est probable qu'elle aurait obtenu de meilleurs résultats que moi. Je suis là, je m'obstine, et puis au fur et à mesure que le temps s'écoule la solution m'échappe.

Pourtant, bien que mon moral soit un tantinet ébranlé, je tiens bon.

— Non, rien de nouveau, je vous remercie...

Je raccroche et, pensif, je ressors de la cabine.

Je suis allé trop vite dans les déductions. A cause de la mèche décolorée signalée par le facteur, j'ai immédiatement pensé qu'il s'agissait de la môme carambolez-moi-monsieur. C'était conclure hâtivement. Son aptitude à la bagatelle mise à part, elle m'a l'air d'une parfaite honnête fille, travaillant, vivant chez papa-maman et menant une vie normale...

Le facteur remarque de ses yeux qui permutent :

— Vous paraissez soucieux?

— Pensez-vous, dis-je, ça vient du foie.

Il observe, sardonique :

— Et les bleus que vous avez sur la figure, ils viennent aussi du foie?

— Oui, dis-je, mais du foie d'un autre... Ça met de mauvaise humeur, les troubles hépatiques...

Il vide son verre de bière.

— Vous m'excuserez, mais le travail commande.

— Je vous en prie...

Il hésite et me tend une main d'honnête homme souillée par les crayons à bille. Je presse quatre doigts solides et nous nous séparons bons amis...

« Tout de même, San-Antonio, je me raisonne, cette petite Dubeuck, elle connaissait Ribens... Il ne faut pas négliger ce détail. Dans cette affaire comme dans toutes les affaires, tout se tient!

Je perds mon temps à gamberger, ça vaut peut-être mieux que de perdre son pantalon, mais c'est terriblement improductif...

Je m'en vais le long des rues encombrées jusqu'à ce que je trouve un taxi.

— Avenue Léopold-Ier, je lui lance...

Une fois encore!

L'expérience vient en vivant. D'une minute à l'autre on se sent pénétré par elle. Elle est faite d'une succession de petites vérités qu'on encaisse comme on gobe des huîtres...

Par exemple, je me dis que, dans une histoire aussi confuse, ce qui est mauvais, c'est de se démener. Au lieu d'aller de chez Van Boren chez Ribens et de chez Ribens chez Van Boren, j'aurais dû choisir l'un des deux domiciles suspects et le surveiller sans dé... démordre... Oui, j'aurais dû. Ça m'aurait mené à un but défini; au lieu de cela, j'ai papillonné, je me suis remué le pétrousquin, et ça a donné quoi?

Peau de balle! Je l'ai eu dans le baigneur recta! Tandis que j'étais d'un côté, il se passait des choses ailleurs...

Oui, une crêpe! Voilà ce que c'est que de

jouer au dilettante! J'ai conduit mon enquête en amateur. Pourquoi? Parce que, obscurément, pour moi, ça n'était pas une vraie enquête. C'était comme un exercice de style. J'ai étudié le cas comme on étudie une grille de mots croisés. Je me sentais à l'étranger, seul, sans pouvoir disposer de la magnifique mécanique de précision qu'est la police française! (Fermez le ban!)

— Voilà l'avenue, me dit le chauffeur, c'est à quel numéro?

Je ne sais pas par où il a passé, mais il a drôlement fait fissa. P't'être que je m'ai gouré et que j'ai pris un avion à réaction au lieu d'un taxi.

Je lui refile le numéro où je désire me rendre, et boum, voilà! Servez chaud! Je descends!

Il mérite son pourliche, le Pescarolo.

Je m'engouffre dans l'immeuble. C'est plein de badauds qui examinent une tache humide sur le carrelage. On a lavé le sang de Ribens et cette flaque humide est la seule trace du drame, mais les gens s'en moquent. Ils laissent bosser leur imagination. D'autant plus qu'il y a là une voisine qui, elle, a vu le corps cette nuit et qui le raconte, le décrit, le campe, le peint, le narre, avec des détails, du frémissant, du bien senti, du j'y-étais-je-peux-en-parler, du j'en-frémis-encore...

Si vous avez besoin d'interjections pour vos coups de téléphone, amenez-vous avec un panier, car elles pleuvent dru ici!

Je me glisse hors du groupe, lequel ne prête pas la moindre attention à ma haute stature, et je demande à une locataire qui arrive à la rescousse où crèchent les Dubeuck.

— Deuxième étage droite...

— Merci...

C'est justement le père Dubeuck qui vient m'ouvrir. Il est plus ancien gendarme que nature. Mâchoire carrée, œil soupçonneux aux sourcils touffus, lèvres minces et arquées.

Son grand regret, outre celui de n'avoir pas connu l'École Universelle, c'est de ne plus pouvoir verbaliser. Il a la contredanse dans le sang, cet homme.

— C'que'v' d'sirez? questionne-t-il.

Je prononce le seul mot qui soit tabou pour lui.

— Police...

Alors son visage s'éclaire comme si on venait de lui installer une lampe à arc dans la tronche. Il irradie.

— Mais entrez donc... Quelle histoire, hein? Ma fille! La fille d'un ancien policier, découvrir un cadavre! C'est le destin, quoi!

— L'hérédité, fais-je...

— C'est ça : l'hérédité...

— Elle n'est pas là?

— Non...

— Vous ne savez pas où on peut la trouver?

— Mais... chez vous?

Je regarde mon beau-père d'une heure. Son œil glacé est plein d'étonnement.

— Comment ça, chez moi?

— A la police...

— Ah! à la... On ne m'a rien dit... Quelqu'un est venu la chercher?

Je suis surpris. Surpris et peut-être vaguement inquiet.

— Non, dit-il, on lui a téléphoné... il était sept heures ce matin. Elle dormait. C'est moi qui ai pris la communication.

— Voix d'homme?

— Oui...

Le vieux s'interrompt, le citron traversé par une inquiétude.

— Pourquoi, c'est anormal?

— Un peu...

— Comment?

— A moins d'une erreur, la police n'a pas convoqué votre fille. A sept heures du matin, je ne vois pas pourquoi elle l'aurait fait si tôt, cela ne vous a pas frappé?

Il pâlit un peu, le daron.

— Si, maintenant que vous me faites remarquer...

— Que vous a-t-il dit, cet homme?

— Il m'a dit : « Ici, le commissariat, je voudrais parler à Mlle Dubeuck. »

Ici, le commissariat! Paroles magiques pour ce vieux chnock! Avec ça, il marcherait au plafond!

— Et puis?

— Je suis allé réveiller Germaine...

Germaine! Je sais enfin son prénom!

— Oui?...

— Ce qui n'a pas été facile, avec le drame de cette nuit, elle s'est endormie très tard.

— Bien entendu... Alors?

— Alors, elle est allée répondre. Moi, je me lavais les pieds... Je me les lave tous les matins : je transpire des pieds...

— C'est courant dans la gendarmerie, apprécié-je, manière de faire un sort à cette confidence dont l'intérêt n'échappera à personne.

— N'est-ce pas?

— Ben voyons... Et qu'a dit Germaine?

— Je ne sais pas. Elle a raccroché et elle m'a crié : « Il faut que j'aille faire ma déposition d'urgence parce qu'ils tiennent une piste! » Elle s'est habillée en cinq sec et elle est partie... Je ne l'ai même pas vue : je m'essuyais les pieds...

— Je vois...

— On peut mourir d'un instant à l'autre, fait l'ancien gendarme, moi je suis tranquille : j'ai les pieds propres.

Les gendarmes ont toujours les pieds qui leur remontent plus ou moins au cerveau...

— Votre fille mène une vie rangée? je demande...

— Très...

— Elle est ouvreuse dans un cinéma, je crois?

— Cinéclair... C'est pas un métier, bien sûr, mais ça arrondit son pécule... Elle va bien se marier un jour ou l'autre, cette enfant?

Moi, j'ai l'impression qu'elle se marie un peu tous les jours, mais les papas ont des illusions, même lorsqu'ils ont mis leurs pieds pendant trente ans au service de la gendarmerie.

— A part ça, avait-elle une autre activité?

Il se renfrogne.

— Voyez-vous, dit-il, cette petite, j'avais rêvé d'en faire une expert-comptable; c'est humain. Mais elle n'a jamais été douée pour les études.

Je sais, elle avait plutôt des dons particuliers : chacun sa nature, hein? D'autres ont la peinture dans la peau, elle c'est le pinceau!

Je cache mon sourire.

Le vieux poursuit :

— De nos jours, sans diplômes, on n'arrive pas à trouver un bon emploi...

C'est un fait...

Entre nous et un cornet de dragées hautes, il commence à me faire tartir, le croquemitaine, avec ses pieds, sa fille ignare et ses aperçus sur l'humanité souffrante, mais il faut le laisser parler pour obtenir de lui ce qu'on désire savoir.

Son verbe est un flot généreux... Pour attraper les truites, il faut avoir de la patience... (Entre nous, cette comparaison est boiteuse. Si on veut faire dans le littéraire, on est scié de nos jours.)

— Bref, dit-il au bout d'un quart d'heure de jactance, elle fait des ménages le matin, et elle est ouvreuse l'après-midi et le soir... Il n'y a pas de sots métiers, n'est-ce pas?

La preuve, c'est que lui était gendarme.

— Non, conviens-je de bonne grâce, il n'y a pas de sots métiers.

— Je préfère la voir faire le ménage chez quelqu'un de bien plutôt que de servir dans un café où les hommes soûls ont parfois des gestes inconvenants...

— Bien vrai.

— Germaine est d'une telle fraîcheur...

« Du vrai muguet », je me susurre.

— Où travaille-t-elle?...

— Oh! chez des gens très comme il faut. Lui voyage beaucoup... La dame est seule...

Je m'adosse au mur, car ce peigne-chose ne m'a même pas offert une chaise.

— Comment s'appellent-ils?

La réponse vient, nette.

— Van Boren...

C'est comme si on tirait un feu d'artifice dans mon bol.

— Van Boren?

— Oui...

— Elle y travaillait hier?

— Non, c'était son jour de repos...

— Dites-moi, monsieur Dubeuck, est-ce que vous lisez les journaux?

— Tous les matins! Tenez, j'allais lire la *Meuse* au moment où vous avez sonné.

Je souris cordialement.

— Eh bien! lisez-la, monsieur Dubeuck. Lisez-la, je suis persuadé qu'elle vous intéressera.

Je porte un doigt à mon bitos et je me brise.

CHAPITRE XVI

???? (1)

Cette fois, les gars, y a du mou dans la corde à nœuds. Je cesse de numéroter les éléments de mon histoire. Et quand je dis mon histoire, je pousse un peu loin le sentiment de la propriété, car elle m'appartient fort peu.

Voilà maintenant que Miss Tu-me-veux-tu-m'as, autrement dit Germaine Dubeuck, faisait le ménage de la môme Huguette!

On aura tout vu, comme dit la chanson.

Alors, c'est bien elle qui a ouvert *the door at the postman*, il y a un instant? Et peut-être l'a-t-elle fait naturellement?

Non, pourtant, puisqu'elle a affirmé que sa patronne était dans son bain, alors que personne ne se trouvait dans l'appartement lorsque j'y suis entré.

Je consulte une horloge de ville qui m'an-

(1) Si je puis dire.

nonce dix plombes et des poussières. Le
temps passe, mes enfants! Il galope!

Va falloir que je trace bientôt à mon hôtel,
pour refaire mes bagages; seulement, avant,
j'ai un vilain turbin à liquider. Voyez-vous,
bande de noix, lorsqu'on arrive au pied du
mur, il faut avoir la force de se frapper le
burlingue et de faire son *mea culpa*. Tel que
vous me voyez, je *go to the police* afin de
m'allonger. Je vais prendre Robierre entre
quat'zyeux et lui déballer mon panier. Avec
ce que je lui apporte, il pourra construire son
enquête et s'expédier à bon port; moi, je n'ai
plus le temps matériel d'aboutir. Après tout,
je ne vais pas compromettre ma situation
pour satisfaire une fantaisie! Or, ce serait
une fantaisie coûteuse que de m'obstiner à
rester à Liège jusqu'à ce que j'aie trouvé le
fin mot de l'énigme.

Un nouveau bahut me coltine donc jusqu'aux locaux de la police liégeoise.

Je me fais indiquer le bureau de mon
collègue belge et je le gagne de cette allure
noble et lente des martyrs marchant au
supplice.

Je frappe. Un gnace me dit d'entrer, ce
que je fais sans l'ombre d'une hésitation. La
pièce est assez vaste et comporte plusieurs
tables noircies chargées de paperasses.

Un seul type est làga, et ça n'est pas

l'inspecteur Robierre, mais un petit jeunot à lunettes, dont le visage ressemble à un coupe-papier.

Il tape à la machine avec ses deux index d'un air extrêmement pénétré.

— Inspecteur Robierre? je questionne.

Le petit jeunot arrête de martyriser la pauvre Underwood.

— Il est au rapport!

Voix sèche, œil hostile du flic. Il débute, le chéri, mais il a déjà tout de la peau de vache. Croyez-moi, si les P. 38 des truands belges ne le flinguent pas, il fera son chemin.

Ce sera le champion du passage à tabac, donc il aura une belle carrière devant lui.

— Bon, je murmure. Eh bien! je vais l'attendre...

— Allez l'attendre dans le couloir, grince le coupe-papier-dactylographe.

Ce qui indique combien il est inexpérimenté!

Faut manquer de psychologie de façon incroyable pour me parler comme ça en ce moment. Non, mais des fois, il ne le voit pas, le binoclard, que je suis en renaud? Et ça ne se lit pas sur ma frime que, moi aussi, j'exerce la noble profession de poulaga?

J'ai un sourire mauvais.

— Fais pas du zèle, gamin, je ronchonne

d'un ton tranchant en tirant une cigarette de ma poche.

Il me regarde, va pour gueuler, mais mes yeux lui conseillent de la boucler et il se tait.

Je m'approche de la croisée devant laquelle il frappe son clavier universel. Tout en tirant des bouffées sur ma roulée, je considère le paysage gris qui s'étale devant moi. Brusquement, et pour la première fois depuis mon arrivée dans cette ville, je réalise que je suis malgré tout à l'étranger. J'ai un coup de nostalgie... Insensiblement, mon imagination remplace la Meuse par la Seine, et, à la place des docks, j'érige les tours de Notre-Dame.

C'est bath...

Et les quais avec leur verdure, leurs bouquinistes, leurs amoureux... Les chers vieux quais du vieux Paname... Et ce goût sucré de l'air...

Je soupire et me tourne vers le petit coupe-papier qui s'est mis au turbin. Mes yeux se posent sur ses deux index qui dansent la mort du cygne (de Zorro) sur les touches noires.

Je rêvasse. Et brusquement... oui, brusquement je sursaute.

Un détail sur ce clavier de machine vient de me frapper. Un détail important. Je suis familiarisé avec les machines à écrire. Tous

les poulets le sont car, sans savoir taper, tous
les poulets pondent leurs rapports de cette
façon; mais je n'avais jamais pris garde au
fait que le E accent aigu se trouve sur la
même touche que le 2 et le E accent grave
sur celle du 7. Pour obtenir les chiffres, il
faut actionner la touche des majuscules, *mais
quelqu'un d'inexpérimenté, quelqu'un de pressé*
qui voudrait écrire 27 et qui omettrait
d'appuyer sur le levier « majuscule » écrirait
tout bonnement *éè*.

Je pêche dans mon larfouillet le message
trouvé cette nuit chez Van Boren. Je l'avais
oublié, celui-là! Pas Van Boren, le billet
laconique.

Georges, je suis au éè.

Il ne s'agit pas le moins du monde d'un
code quelconque, mais simplement d'une
erreur dactylographique, d'une coquille.
Il faut lire :

Georges, je suis au 27.

Je rigole doucement devant cette trou-
vaille. Du coup, je reprends espoir.
Notre Huguette signalait à son amant
qu'elle se rendait au 27. Pour employer un
langage aussi sommaire, il fallait que le

Georges en question (c'est-à-dire Ribens) connût l'endroit où elle allait. Il savait de quel 27 il s'agissait.

Je jette ma cigarette et je m'assieds derrière une pile de dossiers. Je ne prête plus la moindre attention au petit vachard qui s'est arrêté de cogner sur l'Underwood pour mieux me défrimer. Il faut que je me concentre, que je pousse le raisonnement jusqu'au bout.

Ce 27 s'applique à une adresse, évidemment. S'agissait-il du 27 d'une autre rue que la sienne? Non. Si, moi, je laissais un mot de ce genre à un familier, j'emploierais effectivement le numéro si l'endroit où je me rends se trouve dans ma rue. Ou bien j'emploierais le nom de la rue, mais sans mentionner le numéro, si ledit numéro se trouve ailleurs que dans ma rue...

Donc, conclusion. C'est au 27, rue de l'Étuve que je dois aller faire un viron.

Je me lève.

— Vous partez? me demande le jeunâbre.

— Je reviendrai plus tard. Dites à Robierre que le commissaire San-Antonio est passé le voir.

Le gars ouvre si grand la bouche que s'il avait une plaque sensible dans sa culotte, elle serait impressionnée. Pour l'heure, c'est lui qui l'est, impressionné.

— Je... Oh! je ne...

Sans le regarder, je me dirige vers la lourde.

Je n'ai pas la peine — réduite — de l'ouvrir, car Robierre me la propulse sur les naseaux. Il est frais et sent la violette comme un conscrit de village.

Il brame :

— Commissaire! Je suis ravi de vous voir... J'ai du nouveau!

Du coup, je rengaine mes idées de fuite.

On se serre énergiquement la louche ainsi qu'il sied.

— Asseyez-vous! dit Robierre... Vous fumez?

Je puise dans son étui à cigares. Le cornichon à lunettes se fait minuscule derrière sa machine.

— J'arrive de Bruxelles, lance Robierre... Mon voyage n'a pas été inutile...

Il sort d'un carnet une enveloppe de cellophane et de cette enveloppe il extirpe la minuscule photo que j'avais vue naguère dans le boîtier de montre...

— Je sais ce que représente cette photo, dit-il triomphalement.

— Vraiment?

— Oui, vraiment! Et je crois que vous allez avoir une surprise.

Il me tend une forte loupe de bureau.

— Si vous voulez essayer de deviner, me propose-t-il.

Histoire de le faire bisquer en lui bouffant la solution du problème, je m'empare de la loupe et j'examine la photo...

Toujours cette foutue idée de la peau de panthère. Ou bien du bouillon de culture... Ça me rappelle de plus en plus ces jeux des hebdomadaires. On trouve la solution écrite à l'envers en bas de page.

Je m'avoue vaincu.

— Je donne ma langue au chat, Robierre.

Il me regarde en souriant, heureux de son petit effet qu'il prépare.

— C'est une photographie de l'Europe, dit-il...

CHAPITRE XVII

!!!! (1)

Ça me rappelle l'histoire du fou qui, montrant un entonnoir à un copain, lui disait : « Comment trouves-tu mon armoire à glace? »

Assez sonné, je bégaie :

— De l'Europe?

— Oui...

Il pose la loupe sur la photo et, s'emparant d'une épingle piquée dans son revers de veste, commence à me désigner les petites taches irrégulières.

— Méditerranée, annonce-t-il, mer Noire, Adriatique, mer Caspienne, mer Baltique, mer du Nord...

Il s'arrête.

— Assez sensationnel comme document, non? *Une photographie!* L'Europe sur un timbre-poste! Ça va faire du bruit dans le domaine de la photographie...

(1) Si j'ose m'exprimer ainsi.

J'ai un peu de sueur qui perle sur mon front virginal. Franchement, je viens d'éprouver une émotion forte.

— C'est impensable! dis-je. Comment peut-on prendre une photographie pareille? Un avion n'est pas capable de monter assez haut pour...

— Sûrement pas.

— Alors une fusée? J'ai vu que les Américains en avaient lancé une munie d'une caméra... Ils ont ainsi filmé une partie de la Terre...

Robierre secoue la tête.

— Au laboratoire de Bruxelles, ils ont agrandi cette photographie deux cents fois, c'est ainsi qu'ils ont vu qu'il s'agissait de l'Europe... Mais ils ont été stupéfaits à cause de la netteté...

— De la netteté?

— Ils ont découpé un centimètre carré de l'agrandissement et l'ont agrandi deux cents fois... Et ils ont recommencé. Chose inouïe, on arrive à obtenir des photographies aussi parfaites que des vues aériennes de précision. Je les ai laissés ce matin en pleine excitation... au labo... Le professeur prétend qu'en poursuivant la série des agrandissements on pourrait arriver à découvrir un grain de beauté sur le nez d'un passant. C'est le plus formidable exploit dans le domaine de l'optique.

Il est dopé, le gars. L'enthousiasme des gars du laboratoire de Bruxelles l'a gagné et il est prêt à faire une conférence avec projection à la salle Pleyel sur le sujet.

Et puis il est heureux de m'en boucher un coin devant son freluquet de subordonné. Il s'installe, prend ses aises, relève son pantalon pour en ménager le pli, tire sur ses manchettes impeccables comme fait le Boss à la grande cabane, cherche le miroitement de ses boutons de jumelles.

— Vous comprenez, enchaîne-t-il, dans cette réalisation, le véhicule de l'appareil n'est rien. Sans se tromper on peut affirmer qu'il s'agit d'une fusée équipée d'un système de parachute, mais l'objectif lui-même défie toutes les lois de l'optique.

« Parvenir à enregistrer sur une si faible surface les plus légers détails d'une immense superficie, voilà qui tient de la magie! »

Je l'écoute... J'ai mon compte... Ce que je viens d'apprendre m'achève.

— Vous vous rendez compte, dit-il, de l'incidence d'une telle découverte sur une guerre? Avec cet appareil il n'y a plus de dispositifs secrets possibles! C'est le monde tout nu! Le monde au grand jour... Pas un canon de fusil ne passerait inaperçu!

Si je le laisse se gargariser il va finir par m'endormir ou par se faire péter la gargane, Robierre.

— Dites, le coupé-je, savez-vous à quoi je pense?

— Dites?

— Van Boren, sur qui cette photo a été trouvée, travaillait chez un fabricant d'appareils photos extrêmement puissants...

Le Robierre a un fin sourire.

— J'y ai déjà pensé... Un de mes collègues vient de prendre le train pour Cologne. Il a pour mission de contacter le directeur de chez Optika afin de savoir si, par hasard, l'invention ne sortirait pas de chez eux.

J'approuve.

— Voilà qui est bien. Eh mais, dites-moi, Robierre, vous m'avez l'air drôlement à la page ici! Parole de flic, vous nous rendez des points à nous autres, les gros malins de Paris!

Sa satisfaction n'a plus de limite. Un mot encore que je lui lâche et il va boire son encrier ou se mettre à pisser dans le tiroir de son bureau.

Et bibi rigole jaune; parce qu'enfin je dis vrai : avec le peu dont il disposait, il a réussi à défricher un bon bout de terrain. Si je n'avais pas fait le cachotier, si je lui avais dit tout ce que je savais il serait peut-être déjà à destination.

Soudain grave il demande :

— Vous n'avez rien à me dire?

Lirait-il dans la pensée de son prochain, ce petit flic liégeois?

— Si, dis-je. Faites immédiatement rechercher une certaine Germaine Dubeuck qui créchait dans l'immeuble de Georges Ribens, égorgé cette nuit.

« Et puis, pendant que vous y serez, lancez le signalement d'un gars de trente-cinq ans, grand, costaud, portant moustaches, coiffé d'un chapeau gris et ayant un regard étrange...

Il prend note.

— Entendu.

Puis me fixant droit dans les carreaux :

— C'est tout ce que vous avez à me dire?

Je ne bronche pas.

— Pour l'instant, oui!

Tant pis! Je ne peux pas me décider à casser le morcif, qu'est-ce que vous voulez, l'orgueil est plus fort que tout!

CHAPITRE XVIII

O SEIGNEUR!

Y a des métiers qui ne sont pas accessibles aux bergères; par exemple celui de chauffeur de taxi.

Déjà, lorsqu'une nana attrape le volant pour son plaisir on peut considérer que la lourde aux calamités est ouverte à double battant; mais alors, lorsqu'elle en fait sa profession, c'est exactement comme si moi je signais un contrat comme danseuse nue aux Folies.

Le bahut dans lequel je grimpe cette fois-ci (en aurais-je pris, grand Dieu! durant mon séjour ici!) est piloté par une grosse matrone brune et pileuse qui a la gueule à vendre du nougat ou des filles nubiles.

Elle m'accueille d'un joyeux :

— Vous êtes français, savez-vous?

— Je sais, dis-je flegmatiquement, et moi, je parie que vous conduisez un taxi?

Elle s'esclaffe et m'explique qu'elle a pris le volant à la mort de son mari.

— On m'avait opérée du ventre, dit-elle, je ne pouvais pas faire un travail pénible...

C'est marrant, l'impudeur de ces tarteries! Qu'est-ce que ça peut me foutre qu'on lui ait dévissé les échalotes? Toujours ce vieux besoin de passionner les foules avec des questions d'ordre strictement personnel!

— Grouillez-vous, enjoins-je! (C'est poilant la langue française.)

— Vous êtes pressé?

Avec elle, ma parole, c'est l'histoire du sourdingue qui va à la pêche.

— Je veux bien aller vite, déclare-t-elle, bonne pâte, seulement faudrait me dire où?

Décidément j'ai pas le saladier d'aplomb ce matin; faut dire aussi qu'avec ce que je viens d'apprendre!

— Rue de l'Étuve... 27!

— Entendu... On va vous y conduire!

Elle m'y conduit, certes, mais au péril de nos deux vies. C'est pas une femme, c'est un typhon. Dans les virages la roue arrière bute contre le trottoir et un côté de la chignole quitte le sol. Je me rappelle tout à coup qu'il n'y a pas de permis de conduire en Belgique. Tout s'explique!

J'ai le discret obstrué à zéro, je vous jure...

Un vrai cauchemar, cette journée! Et pour

couronner la fiesta il se met à vaser du sirop
de pébroque!

Enfin nous arrivons sans bobo à destination.

Ou du moins rue de l'Étuve, car ma
vaillante conductrice bloque sa charrette, ce
qui m'envoie dinguer contre le pare-brise.

— Hé! fait-elle, quel numéro que vous
avez dit?

— 27...

Elle se cintre (à habit, affirmerait Bérurier).

— Il n'existe pas.

Je file un coup de saveur aux numéros.
Elle a raison, cette petite rue courte ne va
pas jusqu'au 27...

Ce nouveau coup du sort me donne envie
de me faire hara-kiri... Il se produit en moi
comme un grand vide qui s'élargit. Je suis
percé par une mèche gigantesque... J'en ai
marre... Je me fous d'un seul coup de tout,
avec un T majuscule. Van Boren peut moisir
tranquille, et Ribens, et tous les autres...
J'en ai ma claque...

J'exhale un soupir qui ferait la pige à la
Mousson.

— Hôtel des Tropiques, je balbutie, et
inutile de rouler à cent dix, j'ai tout mon
temps.

***

Voilà, mes bagages sont prêts. Il ne me reste plus qu'à les faire descendre car je n'ai même pas la force de les coltiner jusqu'en bas. Je suis brisé comme une jeune fille malmenée par un régiment de cosaques.

La vie, quoi! Y a des moments où on sent le poids du monde sur ses épaules...

Je sonne. En attendant je passe un dernier coup de saveur par le trou de la cloison. C'est de là que tous mes tracas sont venus... La pièce d'à côté est vide maintenant. Seul un pageot ravagé raconte en son langage la frénésie des amants qui occupaient cette pièce.

Enfin on frappe à ma porte. Je gueule d'entrer. C'est le garçon d'étage qui vient chercher mon bagage. Je le défrime : il s'agit du même gars qui expédia le précieux paquet de Van Boren.

Il me sourit obséquieusement.

— Vous avez sonné, monsieur le commissaire?

Ça se sait! Il est temps que je me taille... Ce titre, j'ai l'impression de ne plus le mériter.

— Oui, descendez mes bagages...

— Bien, monsieur le commissaire.

Il empoigne ma valoche.

— Quelle histoire, hein, fait-il... Ce pauvre M. Van Boren... Vous croyez qu'il a été assassiné?

J'ai envie de l'étrangler...

— Je l'ignore...

— Je croyais que vous vous occupiez de l'affaire...

Il cligne de l'œil :

— Je m'étais dit...

Il pose la valoche et désigne le trou dans le mur.

— ... que vous le surveilliez... Déjà qu'il y en avait dehors...

Il rechope la valtouze et s'apprête à calter.

— Hé!

— Oui, monsieur...

— Qu'entendez-vous par : déjà qu'il y en avait dehors?

Ce gars-là flaire le pourliche comme un épagneul breton flaire la bécasse. Je lui allonge un gros billet.

Il l'empoche sans un mot, comme il le ferait de son mouchoir.

Puis il repose la valise et s'assied sur le lit.

— Depuis deux jours il était suivi, Van Boren... Je m'en étais bien aperçu...

— Ah vraiment? Et par qui?

— Par un homme...

— Chapeau rond, imper, moustaches? récité-je...

— Non, ça c'est celui qui est venu chercher ses bagages. Je veux parler de celui qui m'a questionné au sujet du paquet...

Je ressens l'impression que doit éprouver le mec qui a balancé son billet de loterie en croyant qu'il n'avait rien gagné et qui constate une fois qu'il est à terre qu'il l'avait lu à l'envers!

Je saute sur le gilet rayé :

— Parlez!

Il ne pose pas de question, il sait ce que je désire entendre.

— Hier après-midi, fait-il, après qu'on ait enlevé les valises de M. Van Boren, un homme est venu... Il m'a questionné au sujet de notre client... Il m'a dit être de la police...

— Et il t'a refilé combien?

Il hausse les épaules.

— Oh! monsieur le commissaire!

Il ajoute, tranchant :

— Cinquante francs...

— Que voulait-il savoir?

— Si Van Boren n'avait pas fait un dépôt dans le coffre de l'hôtel... Il voulait que je le renseigne discrètement. Je me suis renseigné... Je lui ai alors dit que non, mais qu'il m'avait fait expédier un colis au nom d'une dame portant son nom et habitant Liège...

— Tu lui as dit ça...

Je cramponne le larbin par le montant de son gilet. Il blêmit et tente de se dégager mollement.

— Mais, monsieur le commissaire, il me disait être de la police!

Le moyen d'en vouloir à cette chiffe qui vous oppose le plus péremptoire des arguments!

— Comment était-il?

— C'était un homme d'une cinquantaine d'années avec l'accent allemand... Il était chauve...

— Depuis quand les policiers belges ont-ils l'accent allemand?

Il pige qu'il a commis une bévue en prétendant avoir coupé dans l'histoire du policier et détourne les yeux.

— Bon, cinquante ans, chauve, et puis?

— Assez corpulent, habillé de noir...

— C'est tout ce qu'il a dit?

— Oui...

— Bon, descends mes bagages...

Car l'heure de mon dur approche...

Un quart de plombe plus tard me voici dans le grand hall de la gare avec une demi-heure d'avance...

J'ai mon billet et j'essaie d'oublier l'histoire du certain Van Boren et de ses amis et connaissances... Les casse-tête chinois sont

mauvais pour la santé. Au début on se gave
d'aspirine pour tenir le coup, et puis après
l'organisme s'accoutume au remède, on aban-
donne...

Ce soir, chez moi, à l'ombre de ma vieille
Félicie, j'écrirai une espèce de rapport à
Robierre, je le lui posterai demain matin par
avion et il pourra de la sorte faire un grand
pas en avant...

J'achète *France-soir* au kiosque à journaux, mais je ne le lis pas, le réservant pour
le trajet...

Je musarde dans la salle des pas-perdus. Je
lis les réclames... Il y a un panneau compor-
tant la liste de tous les théâtres, cinés,
cabarets et boîtes de la ville... Je parcours
machinalement la liste... Et puis, en bas de
colonne, je m'arrête, sidéré. Dans une case je
lis :

« *Le 27, le cabaret de l'élite. Thés dansants,
attractions, 27, rue du Bourgmestre Posten.
Liège.* »

Musique, les gars!

La vie est un recommencement, la preuve?
Je cavale à la consigne, comme la veille au
matin. J'y cloque ma valoche, je grimpe dans
mon mille et unième bahut et, à pleins
poumons, je réclame le 27 de la rue du
Bourgmestre Posten. Comme le chauffeur est
une bonne pâte, il m'y conduit!

CHAPITRE XIX

CETTE FOIS...

Pavillon haut, les mecs! Flamberge au vent! Rapière en pognes, le cœur radieux! Ça va, je risque de me péter définitivement avec le Vieux en loupant une fois de plus mon rapide, mais au moins ça ne sera pas pour rien. Je suis dans l'état satisfaisant. Mes affres, mes errements, mes mollesses venaient de ce que je n'avais pas pris de décision. Maintenant c'est chose faite! Je me moque du facteur temps, et du facteur des recommandés également! Ce qui compte c'est la réussite! La réussite totale! Et j'y parviendrai si les petits cochons ne me bouffent pas en route...

Je débarque du mille et unième taxi et je regarde la façade du 27.

C'est une devanture peinte en blanc sur laquelle sont dessinés les deux chiffres format monstrueux. Le bouclard est au repos. Ce genre de taule n'ouvre qu'en fin d'après-midi. Je vois le genre : une salle de pacotille avec trois musicos sinistres et une « grande vedette de la radio et du disque complètement inconnue » qui essaie de donner une impression de déjà entendu en venant glapir les succès des autres!

Aucune lumière, aucun bruit ne filtre de cet établissement discret.

Je pénètre dans l'allée proche à la recherche de la sortie de service. Cette sortie je la trouve et, grâce à mon petit instrument, j'en fais une entrée...

Je me trouve dans un couloir gris et triste qui conduit à un autre couloir beaucoup plus large, presque à un hall. D'un côté de ce T il y a la salle du « 27 ». Elle correspond scrupuleusement à ce que j'attendais. De l'autre se trouvent les dépendances : loges d'artistes, toilettes, bureau, cuisine...

Je fonce un peu partout... Reniflant, tripotant, regardant... Si jamais le proprio s'annonce dans les azimuts, ça fera un méchant cri dans le pays, je vous l'annonce! Ce que je maquille présentement s'appelle de l'effraction. Et l'effraction, même lorsqu'elle n'est pas accompagnée de vol qualifié vous donne droit à une alimentation à base de haricots!

Je m'en fous...

Y a vraiment *nobody!* Pas un greffier, pas une âme, pas même une femme de ménage pour donner le coup de balai hygiénique et matinal... Rien! Le désert...

Je farfouille dans le bureau : voyez factures!

C'est toujours le même matériel commercial. Ces papiers acquittés, ces traites me hérissent. J'y pige que pouic car je ne suis pas doué pour les affures.

Tout ça est établi au nom de Franz Schinzer... Ce qui, à moins que je ne m'enfonce le doigt dans l'œil jusqu'au fignedé, m'a tout l'air d'être un blaze allemand. Or, le larbin des Tropiques, tout à l'heure, m'a dit que son « questionneur » avait l'accent d'outre-Rhin.

Je m'apprête à partir lorsque je perçois un très faible bruit. Je tends l'oreille. Plus rien... Sans doute me suis-je gouré, ou bien ce bruit venait de l'extérieur... Oui, de la cour... C'était le bruit métallique que produit un heurt sur une bassine. Je vais tout de même à la cuisine pour si des fois un mitron s'y était oublié. Mais non...

J'hésite. Le bruit ne se reproduit plus... J'attends encore un instant, tendu comme une corde de violon. Est-ce l'autosuggestion? Toujours est-il qu'il me semble percevoir à nouveau le léger heurt... Mais plus faible que précédemment!

Ça paraît venir du sous-sol... En fouinas-

sant je trouve l'escalier de la cave. J'actionne
l'électricité et je descends un escalier à pic
qui conduit à un local vaste et voûté sentant
la vinasse.

Il paraît désert. Je dis « paraît » car ça
n'est qu'une illusion passagère. En m'appro-
chant de l'amoncellement de tonneaux qui
l'encombre, je vois une main dont les ongles
faits raclent la poussière. J'écarte quelques
tonneaux et je dégage la môme Dubeuck.

Plutôt ce qu'il en reste. Elle a une plaie
terrible sur le derrière du crâne... Son sang
forme un tapis épais sous elle... Elle est pâle
et remue faiblement les paupières.

Elle respire encore, mais d'un souffle
oppressé, court, pénible... Je me penche sur
elle. Son regard défaillant me considère
fixement et un peu d'animation lui donne de
la vie.

— Mon pauvre lapin, je murmure, qu'est-
ce qui t'est arrivé?

Elle bouge les lèvres, un son déchirant
s'en échappe. C'est comme un cri :

— Maaaaame!

J'essaie de piger, elle voudrait me faire
comprendre... Elle le veut tellement que je
pige.

— Madame?

Battement de cils...

— Ta patronne?

Re-battement de cils.

— C'est elle qui t'a arrangé comme ça?

Mutisme... Puis, une fois encore, ses lèvres tentent l'impossible pour extérioriser les sentiments qui palpitent dans ce cerveau en agonie.

Je prête l'oreille, éperdument, réprimant jusqu'aux battements de mon cœur pour percevoir ces ultimes confidences...

— ... autre...

— L'autre?

Son visage brisé dit « oui ».

J'ai un trait de lumière.

— L'Allemand? Le patron de cette boîte, comment, déjà... Franz Machinchouette?

« Oui », font les cils harassés de la pauvrette.

Je réfléchis.

— Il est de connivence avec ta patronne?

« Oui », approuvent toujours les cils...

Je poursuis, sur ma lancée, ne m'interrompant que pour quêter l'approbation muette :

— C'est lui qui t'a téléphoné ce matin? Il voulait que tu ailles à l'appartement pour réceptionner le paquet? Il t'a dit de te dépêcher?...

« Oui. »

— Il t'attendait en bas, dans une voiture? Tu lui as remis le colis, il t'a amenée ici... Ta patronne t'y attendait? Il t'a assommée?

« Oui »...

Je pige pas mal de choses...

— Il fréquentait ta patronne et Ribens depuis quelque temps?

« Oui »...

— C'était Ribens, pour qui tu avais eu des faiblesses, qui t'avait fait entrer chez la Van Boren?

« Oui »...

— Tous les trois s'entendaient bien?

Elle ne répond rien... C'est l'inconvénient avec les macchabées. Vous leur parlez et ils regardent ailleurs, fixement, avec l'air de vous emm... jusqu'au jugement dernier!

C'est tordu pour Germaine... Elle ne se fera plus renverser par les hommes... Renversée, elle l'est de façon totale et définitive.

Je lui ferme les stores car rien n'est plus déprimant qu'un regard de mort. C'est l'Au-delà, donc, l'ennemi des vivants qui vous examine.

Je me relève... Il ne me reste plus qu'à tuber à Robierre. Maintenant j'ai assez d'éléments à lui fournir pour qu'il arrive à bon port...

On y voit plus clair : Huguette et son jeune matou s'étaient mis en cheville avec Franz Schinzer et l'homme au chapeau rond pour exploiter le cocu Van Boren... C'est eux qui l'ont tué... Et puis...

J'arrête de gamberger à partir de la première marche... En haut de l'escalier se tient un gros type chauve au regard mauvais qui me menace de son pétard. Je vais pour porter la main à mon boum-boum, mais il m'arrête d'un mot péremptoire :

— *Nein!*

Je ne comprends pas l'allemand, mais je pige ce dont il retourne. J'interromps mon mouvement. Il a le doigt sur la détente et, si je me base sur les allongés qui précèdent, il doit avoir une facilité remarquable pour expédier ses contemporains dans un monde qu'on assure meilleur.

Il descend. Derrière lui vient Huguette. Une Huguette un peu pâlotte, au regard moins bête que d'ordinaire...

Je recule dans la cave...

— C'est lui, dit Huguette...

Le Franz a un mauvais sourire.

— Drop gurieux, me dit-il en s'avançant, le pétard pointé. Et son Euréka est d'un calibre important.

Il est massif comme la tour Saint-Jacques. C'est un vrai rouleau compresseur.

J'essaie de parler, mais les mots sont cotonneux dans mon clapoir.

— C'est mon métier que de l'être, je fais...

Il a un geste imperceptible qui avance un peu plus sa seringue.

— Voilà pour galmer les gurieux! Za vait tu pruit, mais abrès on a le zilence!

La situation est tellement tendue que si elle fermait un œil elle serait obligée d'ouvrir autre chose.

Huguette n'y tient plus!

— Tirez! glapit-elle. Mais tirez donc, qu'on en finisse...

— Foilà! approuve le chauve.

Il colle son pétard contre sa hanche comme le font les experts ès flingage.

Bonsoir les amis, vous planterez un saule au cimetière, signé Musset!

Pour le néant, en voiture s'il vous plaît!

Je ferme les yeux pour mieux savourer!

CHAPITRE XX

DIS-MOI DEUX MOTS!

La détonation éclate, terrific! Les tonneaux ici présents contribuent à son ampleur. C'est comme si on avait tiré sur les grandes orgues en appuyant sur la pédale forte.

Je m'attends à être mort, mais le cri d'agonie qui succède — que dis-je! qui se confond avec la détonation — ça n'est pas bibi qui le pousse. Je me dépêche de rouvrir mes volets et qu'aperçois-je, à mi-hauteur de l'escalier, juste au-dessus de la mère Van Boren? Mon type au regard bicolore.

Il tient une arquebuse à la main, fumante comme un excrément récent et il regarde le Franz Truquemuche qui se roule dans la poussière, touché en plein bocal par la valda.

Il a son compte, l'Allemand. Il a quelques soubresauts de canard décapité, puis toute sa viande se fige... Cette cave commence à tourner au caveau de famille, on dirait?

Huguette Van Boren se mord le poignet pour ne pas gueuler. Elle sanglote à sec, la pauvre chérie...

Elle est à cinquante centimètres de la crise de nerfs, mais le gars qui m'a filé l'avoinée la nuit dernière descend trois marches et lui met une paire de tartes sur le museau. Les beignes sont appuyées de telle manière qu'Huguette dévale le reste de l'escadrin et s'affale sur le corps du gros fritz.

Je la repêche par une aile et, pour ne pas être en reste, lui file ma tournée.

Ensuite je la lâche et m'occupe du gars.

Il est toujours aussi tranquille. Un champion! Peinard, il remise son automatique et me sourit.

— Je crois que je suis arrivé à temps, me dit-il...

— Je n'ai même jamais vu un type rappliquer aussi à temps, admets-je.

Et c'est tout, on est là à s'examiner comme deux serre-livres avec des yeux en porcelaine...

Il sent que cette tension ne peut s'éterniser et il use d'un dérivatif classique mais qui a toujours eu de bons résultats : il me tend son étui à cigarettes.

— Pas de rancune pour cette nuit? me demande-t-il.

Je cueille une de ses sèches.

— Faudrait que j'aie la bile en dérangement, après ce petit rodéo que vous venez d'interpréter en ma faveur...

Il opine.

— Qui êtes-vous? je demande.

Il tire son portefeuille et me montre une carte sur laquelle est agrafée sa photo, mais comme ladite carte est écrite en allemand je n'y entrave que pouic.

Il constate mon ignorance.

— Vous ne parlez pas l'allemand?

— Non, et qui pire est, je ne le lis pas.

Il rengaine sa carte.

— Je suis directeur d'une agence de police privée importante. Les enquêtes Gleitz, vous avez entendu parler? J'étais célèbre avant le nazisme... Après, l'État lui-même était devenu policier...

J'ai en effet entendu parler de Gleitz.

— C'est vous?

— C'était mon père... Mais j'ai rouvert la boutique... Depuis quelque temps je m'occupe d'une affaire... heu... délicate...

En pleine inspiration je demande :

— Oh! L'affaire de l'objectif Optika?

Il sursaute.

— Vous savez?

— Oui...

— Ah! Vous êtes peut-être sur le coup aussi?

Je mens :

— Un peu...

Il hausse les épaules, se penche sur le cadavre de Franz et le fouille. Sur l'homme mort il découvre une enveloppe de papier fort... Il la déchire. Dans sa main en sébile coule une grosse pincée de diamants... Ou plutôt de ce que je prenais pour des diamants.

De près je m'aperçois que ce sont de minuscules loupes de la grosseur d'un pois chiche...

— *Quès aco?* fais-je.

Il semble surpris :

— Mais, fait-il, le fameux objectif...

— Ah! oui?

Il me regarde.

— Vous m'avez menti, vous n'êtes pas sur le coup?

En guise de réponse je m'incline sur sa main ouverte.

— Montrez!

Il me montre.

— Cela paraît innocent... Et pourtant.. Assemblé cela donne... une merveille de la science. Ils appellent ça l'objectif en grappe! Avec ça vous pouvez prendre une photographie de...

— De l'Europe, je sais, j'ai vu.

Précipitamment il empoche les bouts de verre.

— Vous avez vu la photographie?

— Oui.

— Où?

— La police belge l'a en sa possession et, en ce moment s'amuse à faire des agrandissements d'agrandissements d'agrandissements d'agrandissements... D'ici huit jours ils auront la photo de votre petite sœur si d'aventure celle-ci se trouvait dehors au moment où fut tiré le clicheton...

Il paraît ennuyé.

— La police?

— Oui...

« Si vous m'expliquiez un peu, lui dis-je, en mettant nos billes en commun, peut-être arriverions-nous à un résultat? »

Il hausse les épaules.

— L'objectif en grappe a été créé par Optika de Cologne... Cela s'est passé dans le plus grand secret. Mais Van Boren en a eu vent. Il a réussi à s'approprier l'invention. Il travaillait pour le compte de cet homme...

Du bout du pied il me désigne le cadavre de Franz...

— Alors?

— Il devait lui remettre les éléments de l'objectif dans une boîte de fruits confits.

— Alors?

— Mais il n'avait pas confiance. Il a remis de simples bouts de verre. Au lieu de la somme qui devait lui être versée il a eu droit à deux coups de revolver tirés de nuit alors qu'il passait dans une rue sombre. Il a échappé à l'attentat, et il a vu que ses craintes étaient fondées : il n'avait rien à attendre de cet homme. Il s'est senti traqué, il est descendu dans un hôtel pour voir venir... Il n'a prévenu qu'une personne...

— Sa femme?

— Non, Ribens... Un ami à lui... Il ignorait les relations du garçon avec sa femme. Ribens a vu la possibilité de se débarrasser du gêneur et d'empocher le magot. Il est allé trouver Schinzer.

« Je ne sais quel marché ils ont conclu... Schinzer s'est mis à surveiller Van Boren. Van Boren s'en est aperçu... Il a pris peur... Alors il a envoyé les verres de l'objectif à sa femme... Son plan était sans doute de filer à l'étranger, délesté de son précieux chargement et de se faire apporter le magot une fois en sécurité par son épouse infidèle...

« Le paquet posté, il est allé la prévenir... Il ne risquait plus de se faire voler l'objectif. Mais il fallait que, de vive voix, il arrête un plan avec elle. Elle était sa dernière chance. Il y est allé, suivi de Schinzer et de... moi. Je suppose qu'au moment de sonner chez lui il a

dû entendre du bruit. Tendant l'oreille il a
dû surprendre une discussion édifiante entre
Ribens et sa femme; n'est-ce pas, madame? »

Huguette ne répond pas. Elle est inerte,
contractée...

— Alors, enchaîne Gleitz, ce fils de famille
dévoyé a eu un coup de noir...

— Il s'est jeté dans la cage d'ascenseur?

— Juste!

Je réfléchis...

— Oui, tout s'explique... Comment savez-
vous tant de choses?

— Ça faisait plusieurs jours que j'étais sur
la piste de Van Boren, je travaille pour la
maison Optika... De recoupements en témoi-
gnages...

— Bravo, bon travail. Vous semblez
devoir perpétuer la renommée de votre
boîte...

Il a un petit mouvement du menton.

— J'essaie...

— Je pense, par exemple, que Ribens
était en cheville avec Schinzer depuis plus
longtemps, car il y avait chez lui la boîte de
fruits confits qui... la première dont vous
parlez!

D'un commun accord nous nous tournons
vers Huguette.

— Je pense, chère madame, que vous
pourriez nous renseigner utilement...

Elle sort de son mutisme.

— Je n'ai rien fait! dit-elle... Rien fait! C'est Georges! Georges! Il... il faisait partie de l'organisation, c'était lui qui avait mis Franz sur cette affaire et je...

Elle m'agace, cette tordue. Je lui mets deux ou trois beignes qui la font chialer.

— Espèce de garce, je gronde, t'es tombée dans les bras du gros Fritz et...

Gleitz toussote.

— Oh pardon! je lui dis, mille excuses... Vous savez ce que c'est que l'hérédité... Y a des moments où l'homme de la rue, chez nous, oublie que nous repartons sur des bases nouvelles.

Il sourit.

— Chez nous aussi, commissaire...

Huguette pleure.

— Je voulais être riche, je...

— Alors t'as mijoté ton coup fourré avec Franz, hein, mon ordure ménagère? T'as attiré Ribens ici, en lui laissant un message. Vous l'avez assommé et transporté de nuit chez lui.

— Je ne voulais pas qu'on le tue... Je... C'est Franz qui l'a égorgé...

— Schinzer s'était aperçu de la présence de Gleitz dans l'affaire, toi t'étais au courant de la mienne... Pour parer à toute éventualité, vous avez fait réceptionner le colis par cette pauvre gosse...

Et je montre le cadavre de Germaine.

Elle s'abat en se tordant, comme elle l'avait fait chez elle lorsque je lui avais appris qu'elle était veuve... Mais ça ne prend pas. Au lieu de vinaigre, c'est une décoction de coups de savates que je lui administre pour la ranimer.

— Ne la tuez pas! fait Gleitz.

— Quoi? je m'écrie. Vous avez pitié! Oh pardon! Comment qu'on les fait, les Allemands, c't'année!

CONCLUSION

Le gros Bérurier (dont j'ai cité plusieurs fois les mots d'esprit ici) est dans le couloir, devant la lourde du Vieux. En m'apercevant il secoue sa main.

— Enfin te voilà! s'écrie-t-il, ça va ch...

— Le Vieux a pris son huile de ricin?

— Une pleine bonbonne!

J'entre...

Il est là, calme, glacé, le front ivoirin luisant sous la lampe, les manchettes fraîchement amidonnées, l'œil de marbre...

— Bravo! fait-il.

— Après, dis-je d'un ton sans réplique... Laissez-moi d'abord vous raconter...

Et je lui raconte... Tout!

Quand j'ai fini il secoue la tête.

— Curieuse affaire, en effet, oui, hum, je conçois que... Pourtant, San-Antonio, il est une chose prépondérante sans laquelle aucune collectivité...

Ça y est, passez-moi un strapontin, le voilà qui se met à prêcher sur la discipline. Il va y en avoir pour un bout de moment.

Lorsqu'il s'est vidé de son sujet, je sors une enveloppe de ma poche.

— Voici le lot de consolation, Patron.

— Qu'est-ce que c'est que ça?

— L'objectif dit en grappe! En grappe! Vous ne voudriez pas que la France ne le possède pas avant tout le monde? Pour une fois qu'elle aura de l'avance, la pauvre chérie!

Il écarquille les châsses.

— Mais... mais... San-Antonio...

— Oui, chef?

— Ce sont... Vous me disiez que Gleitz avait récupéré les éléments de l'objectif...

— Il me les a remis, voilà tout!

Incrédule, il murmure :

— De son plein gré?

Je hausse les épaules.

— Hélas, non, il a fait des difficultés et j'ai dû sévir... Voyez-vous, Boss, l'entente cordiale avec les « voisins »... eh ben! ça n'est pas encore pour aujourd'hui!

FIN

ACHEVÉ D'IMPRIMER LE
21 AVRIL 1976 SUR LES
PRESSES DE L'IMPRIMERIE
BUSSIÈRE, SAINT-AMAND (CHER)

— N° d'impression : 1800. —
Dépôt légal : 3e trimestre 1976.
Imprimé en France